周月亮文集

揉心学词条

周月亮　著

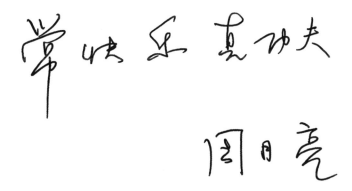

常快乐真功夫

周月亮

中国科学技术出版社

·北 京·

图书在版编目（CIP）数据

揉心学词条 / 周月亮著. -- 北京：中国科学技术
出版社，2024.1
（周月亮文集）
ISBN 978-7-5236-0414-4

Ⅰ.①揉… Ⅱ.①周… Ⅲ.①心学—研究 Ⅳ.
①B244.8

中国国家版本馆CIP数据核字（2024）第003915号

总 策 划	秦德继
策划编辑	周少敏　胡　怡
责任编辑	胡　怡　赵　耀
封面设计	余　微
正文设计	王　丹
责任校对	吕传新　焦　宁　邓雪梅　张晓莉
责任印制	马宇晨

出　　版	中国科学技术出版社
发　　行	中国科学技术出版社有限公司发行部
地　　址	北京市海淀区中关村南大街16号
邮　　编	100081
发行电话	010-62173865
传　　真	010-62173081
网　　址	http://www.cspbooks.com.cn

开　　本	880mm×1230mm　1/32
字　　数	1936千字
印　　张	86.25
版　　次	2024年1月第1版
印　　次	2024年1月第1次印刷
印　　刷	北京世纪恒宇印刷有限公司
书　　号	ISBN 978-7-5236-0414-4/I·83
定　　价	498.00元（全11册）

（凡购买本社图书，如有缺页、倒页、脱页者，本社发行部负责调换）

周月亮

河北涞源人，中国传媒大学学术委员会委员，阳明书院院长、教授、博士生导师。

另有心学、智术系列著作分别汇刊。

自序：误解与希望

世代如落叶。代代人大多乱七八糟地活、稀里糊涂地死，少数坚持明白地活、尊严地死。反思其中的滋味，留下悲欣交集的辞章，后人的解读不过拾几片落叶。后之视今如今之视昔，这条精神链扭结着误解与希望。误解如秋风中的落叶，希望如落叶中的秋风；误解如烦恼，希望如菩提；误解如无明，希望如净土。谁能转烦恼成菩提？谁的误解即希望？恐怕差不多的人的希望却是误解吧。尽管如此，留下的落叶，好生看取也有雪泥鸿爪。

《孔学儒术》中，儒术的精要可用"中而因通"来简括："中"是"执两用中"的"中"，儒家的中庸与释家的中观目的不同，道理相通。"而"是"奇而正、虚而实"的"而"，其哲学要义在"一与不一"，是对付悖论的最好的智慧，不"而"则不能"中"。"因导果"是世间出世间的总账，"因"字诀最普适的妙用是引进落空。不通不是道，通道必简。化而通之概括了"因"的意义，通则久。

《〈水浒〉智局》透析了《水浒传》中智慧、权力、暴力的关系：函三为一、一分为三，合则为局、析则为戾。水浒人此处放火、彼处杀人之朴刀杆棒生意串成江湖版的《孙子兵法》。宋江能够统豺虎是"阴制阳"，梁山好汉被朝廷赚了也是"阴制阳"。阴为何物？直教一百零八好汉生死相许！

《性命之学》以性命作为重估文人价值的标准和依据。穿透了虚文世界曲折的遮蔽，才能探讨人自身的性命下落。性命之学由心性谱写。近世让人心酸眼亮的"心性"有王阳明、李卓吾、唐伯虎、曹雪芹、龚自珍、鲁迅等，他们是塔尖。他们提得住心，所以他们的心性剧有声有色。

《〈儒林外史〉士文化研究》提取了《儒林外史》展示出的贤人困境、奇人歧路、名士风流、八股士的愚痴等士子型范；在封建时代，士文化的根被教育败坏了。用教育来反教育，是古代中国士文化传统的一部分。

《儒林外史》中每一张脸都是一座碉堡，文学人物是现实人格的象征，《〈儒林外史〉人物品鉴》透视封建时期士人"没出息"的活法、自己骗自己的文化姿态，以及他们无路可走的"不在乎"的无奈。最窝囊的是，当时的文人说不出一句明心见性的话。

《王阳明传》呼吁善良出能力来：对人仁从而鉴空衡平、爱"爱心"而天良发现。良知顿现，难事易办。心学是意术，是感觉化的思想、哲学化的艺术，是修炼心之行动力的功夫学、成功学。致良知教世人柔心成真人。

现象即本体，影视通巫术，方法须直觉，效果靠博弈:《电影现象学》旨在使影视艺术能有自己的本体论、方法论。

文化即传播，只要一"化"就有传播在焉。我几千年文明古国，锦绣江山，传播玉成。《文化传播》写的是文化的传播即传播的文化。

《揉心学词条》想总结误解发生的思维机制（意向三歧性）、误解发生的心理机制（欲望三重化）、误解发生的语言机制（言语的三不性）、误解发生的行为机制（互动反馈误差扩大），想建立"误解诊疗术"，但只是沙上涂鸦，更似煮沙成饭。

家，是移情的作品。院子是境，也是景。情景交融，在美学上值得夸耀，在生活中是不得不做的事情。"我"寄寓于别人家院子，像小件寄存一样。《在别人家的院子里》是我印象深刻的生活经历。

刺刺不休十一卷，诚不足称之为著作，只是我造句几十年的一个坟丘（另有百万虚构类文字已被风吹）。其中包着误解，也含着希望。误解，是人自我活埋的本能。希望，是人自我生成的器官。"我"因对希望心不诚而自我活埋着。

最后，我满怀深情却文不对题地抄几则卡夫卡的箴言：

> 生的快乐不是生命本身的，而是我们向更高生活境界上升前的恐惧；生的痛苦不是生命本身的，而是那种恐惧引起的我们的自我折磨。

它（谦卑）是真正的祈祷语言……人际关系是祈祷关系，与自己的关系是进取关系。从祈祷中汲取进取的力量。

生命开端的两个任务：不断缩小你的圈子和再三检查你自己是否躲在你的圈子之外的什么地方。

2023 年秋

目　录

附　录

第一章　误解

误解

人类是容易产生误解的物种。

只要是人造的观念就充满东误西解，所有观念又都是人造的。

观念的常态是概念，概念之理性世界与直觉之感性世界之间构成了误解的无限地带。

语言生产误解，生成话语的知情意是误解的动力。一个人的知情意之间误会错解；人与人之间的知情意永远是"三不同"（不同知、不同情、不同意）的，因此误解丛生且自我繁殖到永远。不管是用语言还是用其他表征符号，不管是从"未发"的误会、"已发"的误解，到接受的误"解"，不管是圣贤还是凡人都如自负其尸一样肩负着误解。"误"与"解"再衍生互动扩充到语言行为以外的行动中去。

误解、对误解的发现、对误解的对治都包含着悖论。误解是生存级别的问题，发现误解是哲学级别的问题，对治误解是行为问题，行为包括想、说、做。能够发现与能够解决是两回事。具体的悖论也许可解，具体的误解也许能够澄清，但非具体的悖论和误解该如何解开、澄清呢？

人能制造误解但不意味着人就能消除误解。制造误解如同失败，有一个环节的一个因素就可以；消除误解如同成功，要求充分而必要的条件。制造误解的原因无穷尽，消除误解的办法却永远受人类心识现量的制约极其有限，如同病与医治。

消除误解的途径林林总总：语言分析如维特根斯坦、跳出语言如禅宗、依赖直觉如柏格森、仰仗绝对者如《薄伽梵歌》。依靠知识如科学、依靠规范如理学、依靠心力如心学、依靠本能如尼采。依靠解构如福柯、德里达，依靠诗意如海德格尔——一部人类思想史就是一部消除误解的不断努力、不得不继续努力的历史。

误解是人生常态，也是文化常态，更是个体的认知常态。误解贯穿于思维、判断、意志中，或者说误解是个可大可小的"活范畴"，小到思维的瞬间感觉（错觉），大到意识形态的误谛（学说杀人）。在大小两极的无限地带，误解何以贯穿个人意识与公共知识？此处只能笼统地说，误解是个细胞性的存在，在个体或群体中都是个细胞，误解是个寄生虫一样的东西，是主体意识的一种腺体，伴随着任何意识活动。误解是胶子，是在两个以上粒子之间存活的"精神物质"。

错觉与意志无能是主体误解的要件。矛盾是误解的主要形制。

意识的流动导致主体与自身形成"原差异"，自我本已阴阳二分了，再与对象形成永恒的"三分演绎"。三点决定一个平面，这个平面就是"在"。什么自相矛盾的二重性、什么互动绵延的差异与延异，以及从而衍生出的各种形态的（冒）充替（代），遂构成"在"的涡流。延异构成误解，充替是误解的虚幻解决，也是生产和交换误解的流水线。

因此，误解是"在"，并在劫难逃于误及被误；在即误，并在劫难逃于误。而误在"之间"。譬如：

主体与客体之间出意向性误解；

本质与现象之间出中性变样误解；

必然与偶然之间出"几"性误解（必然偶然都是事后命名的，事后把诸多因素简化，主要原因就是必然了，没有成了主要的就是偶然了。"几"是连接形而上与形而下之间的间性）；

同一与差异之间出歧义误解；

能指与所指之间出解释误解；

文化与自然之间出充替误解。

再譬如：

审美是美妙的误解；

哲学是以理解情（以楔去楔）的误解；

宗教是目的虚灵方法独断的误解；

艺术是故意制造又加以利用的误解。

再等而下之：

媚俗的误解最欺心，愚蠢的误解最可笑，善良的误解最可惜，爱情的误解最无奈，嫉妒的误解最可怕，同情的误解最悲凉，怜悯的误解最危险，智者与愚者之间的误解最滑稽。

误与不误的标准在于"几"。几,是间性的微妙运演:相对相关性之动态的恰好,是不确定之中的确定中的不确定。解决误解的新路径,在发现"间性"。间性是一分为三、三分演绎的关系及其张力。有误无误在间之"化"。摆脱误解的状态,在达到间性的平衡的"均"。

不能重复真理排斥谬误的模式。真理引入时间,暴露出是误解、是独断的情况还少吗?而且以往所有的真理论都是决定论,连佛教的空也是决定论。谁来决定呢?真理对谬误的排斥是从话语外部实施的,误解学寻找内在的平面。

吁请理论界把"误解"视为"内在性平面"之一、视为新的问题域、当成反思性分析的核心术语。最基本的理由有:
明证性本身出误解;
自由变样出误解;
不充分直观出误解。

人,是误解的动物,因此,人,是失败。但是,没有了误解就没有了生存勇气;没有了误解就没有了人间喜剧。没有发现了的误解是一厢情愿从而豪情满怀的生活本身。欲望与能力的不协调是误解的总根源。欲望与能力的协调会滋生出新的欲望,新的欲望又要求新的努力、能力之类的配置,误解又丛生了。误解就是人没有能力摆平自己、更没有能力摆平自己与所处之世界的关系的一种症候。误解是烦恼,正解是菩提,何人何时能够亲证出烦恼即菩提?

至少可从下面的角度研究误解：

误解发生的思维机制（意向三歧性）；

误解发生的心理机制（欲望三重化）；

误解发生的语言机制（言语的三不性）；

误解发生的行为机制（互动反馈误差扩大）。

中性变样

意向性是主体的投射行为，这种投射是有待于被连续地验证的。意指张力要在向对象的意识延伸中获得"含义充实"后才能切中对象。也就是说，它与实证遭遇后是否能获得正确的"含义充实"，需要得到验证。或者说意向性没有天然的本真性，包含着随机的任何致误的可能性。当然也包含着随机的致真的可能性。这可以叫作"意向性的两歧性"，这个两歧性可以用波粒二象性来解释：被意向的不仅是对象，同时还有给予此对象的知觉。这其实很不够，更为关键的是对象和知觉都是在运动的，都在过程中，这就构成了互动的变化流。不妨以"中性变样"名之。

这便有了"意向性的三歧性"。中性变样是种主体客体之间的不抗不迎的感知流。它不是什么又可成为相应的任何什么（时时找回这个中性即可识别误解，所以提倡"返回中性的自觉转向"）。中性就是既不肯定也不否定，肯定就变成了相信、信念；否定就把意向抹消了，当然复杂化地说，在被否定项中有肯定功用，一个非存在本身也再次成为一个存在。如果说"中性化"可能会好理解一些：就相当于置入括号，如使意指行为"中止实行"、失去作用或"仅只想着实行者却并不同时去实行"。这种中性化，就是胡塞尔提出的大名鼎鼎的"中性变样"："它们的相关项重复着未变样的体验的相关项，但有一种彻底变样了的方式：存在者本身，可能的存在者，或然的存在者，有疑问的存在者。同样，非存在者和每一种其他的被否定项和被肯定项——这一切都有意识地存在着，但不是'现实地'被意识着的方式，而是作为'纯被设想的'东西，作为'纯思想'存在着。"关键是"从任何角度看，中性化的意识对其被意识者都不起一种'信念'的作用"。

简化地说：中性变样是个虚灵的状态，它可以"变"向正，也可以奔向"误"，它的优点是"不强求"，缺点是"无为"。当然无为不是一种无而是一种为，但毕竟没有完成任务，何以变出正确的认知来？无力保证。于是，误解不可避免。当然，返回中性比坚持误解好。

没有现成的明证性

中性变样的不确定性证明了误解的不可避免。不确定性却是意向的确定性，因此才有一致的意识和争执的意识。"争执"是个歧义的基地。放缓争执靠宽容心态。真理是存在的，在意向性与明证性一致的时候真理得以显现（使之为真）。当意指张力此一因素与彼一因素需要同一综合的时候，降低意义的显现了。争执的时候跑偏了：对象事实上显现为与意向行为的对象不是同一个，而是另一个。这说明没有现成的明证性。明证性好像是人同此心心同此理的一种不证自明的公理，其实是一种内在的洞察力积累，不是客观现成的，说白了还是"思想"，逻辑状态的思想。

因为没有现成的充分直观，所以没有现成的明证性。

人们的思维训练就是为了让直观充分，直观充分了才有可靠的明证性。意向没有达到充实就仍然只是一种纯粹意向。直观可以感知构型，错觉是处理信息时误会受骗。尽管明证性是对真理的体验，但没有现成的明证性。

人们未必按现象学的模式思维，现象学对思维的研究也未必是终极结论——里尔克在研究善恶问题时发现了"现象学方法的无能"，无能在哪里？在解决不了针对性强的具体什么问题。但是，人们又需以现象学描述为基础完成接近全面的认知，不能自以为是。主体与客体之间的"容与"地带是个隐含多种可能性的地带。"有容乃大"的思维基础在于此，有容乃大的心理基础则在于能够苟化。

定见致误

误解是互动的过程和结果，误解的思维机制是靠语言分析解决不了的。

主体对于自身的觉解是混沌的，主体对于对象世界的觉解有着更多的混沌。这还是在坚持世界是可知的前提下这样说。同样，也因为坚持世界是可知的，所以误解是可知的，但是好像不能预知。因此，研究误解也是如同许多研究一样只是事后诸葛亮，还不一定就是诸葛亮，但一定是"事后"。但是，误解论可以提示我们：每当我们的思维和对象相遇的时候，我们都必须再造感觉，以保证思维与对象之间的协调、平衡。不宜轻率从定见出发，尽管每次新的相遇都背负着旧的定见，也正因此要警惕定见致误。有效的警惕就是先"放一放"。

认识的缺陷出错误判断。一瞬间照亮混沌的是感觉，但是感觉有对错。尽管如此，感觉比定见要新颖一些、灵敏一些。所有的创造活动需要突破的是定见，需要仰仗的是感觉。

所有的观念起源于意识的流动。误解是处于特定领悟之中的特定方式的存在状态。误解从本质上是隐藏得更巧妙的"另一种话语"，它还不承认自己是预定好的。

误解是错得憋屈

话语是什么东西呢？存在是什么东西？话语其实就是说话这件事。存在就是活着这件事，解构就是拆开来看。误解就是想错了看错了说错了从而做错了。而且，不是简明的犯错，而是错得憋屈，错得本来可以不是这样，只因那一解误了全局。

所有的误解都是自我关涉的，如同人与语言的关系。语言是人造的，但语言也造人。误解是存在、话语、解构的一种属性，至少从这三个层面才能把握人作为误解的动物之误解的根本。也许解构的层次低一些，前两个是基本性的，与人活着呼吸与共的。相关的是"属性"，不是它们本身。

存在与误解的关系不同于话语与误解的关系，话语是误解的载体，存在是误解的成因，误解是存在级别的问题。人注定要荒谬的——误解荒谬的成因及其症候。

从荒谬中解读误解，从反讽中解读误解，从异化中解读误解，等于从误解中解读误解。

误解是附体的魔

误解能够立即生发出任何东西，是"附体"的魔，附上什么了就与那个什么一起生效。它不是个固态的实体，不好用手术刀切下，它又确实存在。误解是人性弱点的具有生产性的一部分。

直接与心理弱点相关的误解，常见的如侥幸心理、交易心态、占便宜的愿望。它如猜忌出误解；轻率出误解；脆弱、过敏出误解；空虚、浮躁出误解。有时候幽默惹出了误解，有时候不幽默生出了误解。有时候屈服出误解，有时候误解出屈服。人性的弱点与误解是互相滋补的。

成心制造、利用误解的是兵法和间谍战、外交（无论官方、民间）上故意制造事端、制造借口。这其中最"坑得慌"的是用智反被捉弄里面的误解，最有戏剧性的是将计就计——让"解"变成"误"。

自以为是就会出错。自信其心却是宗教家、心学家的法宝，却往往成为封闭的自以为是的别名。而任何人再英明也是有限的，何况越糊涂的人越自作聪明。自作聪明本身就是对自己的能力的误解。

自以为是因误解而愚蠢，屈己从人因媚俗而自误。

误解出反讽

人生观这个"内心的世界"充满幻觉和磷光，意志为其中之一。尼采说：至于自我，它已经变成了寓言、虚构、语言游戏；它已彻底地停止了思考、感觉和打算。精神作为原因的谬误被混淆为现实，被设定为现实的尺度，被称为上帝!(《偶像的黄昏》)他说对了，迷信是最大的误解。

极权体制里的"听话"包含着巨大的吊诡与反讽：谁听话谁倒霉。意识形态的全面统治得力于被统治者的误解配合：接受意识形态蛊惑者以为自己实现了自己的价值，以为自己符合了真理。平庸的恶对体制没有误解。恶，远离了误解，因为恶从"间性"关系上来说从来都是主动的。恶的一方，除非被更大的恶暗算，恶是难吃亏的。恶被惩罚是罪有应得，无关误解。人总是要犯错的，但只有包含着犯错主体误解的那种错，才是有个性的、对别人有借鉴意味的误解，这是悲剧显得意蕴深切的原因。喜剧是另一种错误，更有主体的误解在内，但后果可爱，就被归到娱乐里去了。

误解，是从善的立意出发，想有好的结果的"常见病"。

解构可以消除误解。因为，谁也不知道下一步的正道在哪儿。连苏格拉底也不知道，他也就是知道死了就宁静了，然后赞美宁静，而此前他并没有赞美宁静，说明他此时的赞美也是在理由化。

经验中的智慧永远不是欲望这绵延的生命长风的对手。

自欺自误

一般说来，人人都在追求幸福，然而现实却是：人人努力让自己相信在走向幸福，其实是在走开，并且怀揣着"走向"的指望走开。犹如倒骑着马（背对着马头）与另一匹方向相反的马上人手挥目送渐行渐远。原因肯定是无法穷尽概括的，自欺自误恐怕是枢纽。

感知是心灵与世界之间的一种意向性和因果性的交互作用。适应的指向是心灵向世界的，因果的指向世界向心灵的，而且它们不是相互独立的。自欺自误从状态性的心理意向到行动性的语言意向再到本质性的信念意向都贯彻着一种误解：把意欲当事实，结果当然事与愿违。从追求自我实现起脚，在自欺自误中走向自己的反面。

自欺的类型和表现主要有：自相矛盾、言行不一、不敢面对真实的自我。自欺的核心是欺心。欺心的原因有很多：软弱、顾虑、逃避、畏葸；轻狂、自负、玩忽；无耻、无能、无标准。

自欺，就是对自己撒谎。找出理由来哄骗失败的自己，或者迁就自己的一时意欲，还不想否定自己，只能自己哄骗自己。譬如"逃避自由"，因为自由伴随着空虚，没有自我的人，无法面对空虚。自我膨胀的人，认为欲望就是充实，并给欲望披上理性的外衣。到最后自欺总是自误，只是自己不承认而已。

自欺自误根源于"不诚"（过于诚实上了当是别一种误解、也有"上了想象力的当"的）；诚是种虚灵，无功利计较的状态，虚灵才能不昧。虚灵是生命的充盈、超脱的饱满，活泼泼的艺术感觉。自欺自误往往不是成心，不是故意，不是玩弄误中缘，主观上还是想诚的，客观上没"诚"够，从而没有达到虚灵不昧。诚，就是不自欺。

自欺欺人的根性在奴性——既要安全又要赚便宜的奴性。奴性的误解，主要不是智力问题，是意志问题，是性格问题。摆脱不了奴性就找不到自我。英雄的误解主要是误人，奴性的误解主要是自误。奴性的自欺主要靠巧解，反败为胜自我安慰。

造成自欺的可以是任何因素，造成误解也可以是任何因素。

因一只虱子烧了一件袄

一个农夫因一只虱子烧了一件袄，人们都笑话他因小失大。何进为了诛杀几十个宫里的太监招来拥兵几十万的董卓，曹操苍呼乱天下者何进也。

一个少女以对他的爱为自己的命，然而就是必须并不故意频频大发脾气，甚至他再三下跪，她还愤然于下跪疏解不了她的心头积郁！最后，这件爱情的袄烧掉了。她为自己也参与了烧袄而服下大量的安眠药。她如果苟化一点，就不至于如此这般了。

农夫愿意烧袄吗？不愿意。何进愿意引来董卓取代自己吗？

也不愿意。但是一切都不可更改地发生了。为什么偏偏要因小失大呢？是简单的失策吗？造成大小人物失策的思维肌理应该有个共同的东西，这个东西叫误解：非常不应该这样想，有的也不情愿这样想，却就偏偏如此这般地想了。

误在有"间"

误在哪里？误在"之间"，所有的事情都出在"间"，宇宙的运行及其灾变出在阴阳之间，人情的事出在人与人之间，灵魂的事出在灵与肉、小灵与大灵之间。有间就有误。一个人与自己的战斗是情与理、一种情与另一种情、一种理与另一种理"之间"的不平衡——就是平衡也是某与某的平衡啊。平衡是以容、融为前提的。因了一只虱子烧了一件袄，为什么可惜又可笑？因为原因和结果不平衡到了夸张而荒谬的程度。苟化是等待间性发展到极限的最好的办法。

因为万物皆有间，所以误解与任何高明的思维都如影相随，误解与任何坚毅的意志都如影相随，误解与任何明哲的判断都如影相随。这不足奇也不足惜，让人难堪的是，问题虽出在"之间"，但误解的责任却在我而不在彼。误解的人与事林林总总，但主要症状好像可以这样概括：误解是贪婪于自以为是的惩罚，是恐惧于这惩罚的躲避，是这双重的不明不白的理由化。

贪婪与恐惧

有所求，"误"；无所求，也不见得不"误"。因为误与不误的标准，不在所求的一方，而是在于欲求与应答者之间，而吁求者总难遇到即时的应答。更致命的是即时的应答也未必符合吁求者的预期。据说，抱怨是罗马人的一切。据我看，抱怨恰是许多现代人的精神特征。他们抱怨主要为了显摆自己的精致，却恰恰凸显了自己的贪嗔。

人性的基本两极：贪婪与恐惧，也是欲望与理性结合出来的，成了误解基地。贪婪生出的误解在文学、影视剧中表现得淋漓尽致了；恐惧生出的误解是悬疑剧的戏核；政治生活中的这类因贪婪恐惧生发出来的防误得误、不误反误的误解剧更是惊心动魄。依据心态来划分误解形态、来探讨误解的发生，几乎是无法穷尽搜索的：浪漫出误解，专横出误解，阴暗、脆弱、封闭、畏葸，哪一种心态不出误解？

误解是错觉，有的错觉是人性固有的，有的错觉则是后天因果链条上的网结，成了误解就有了后果。从后果回看起因，一条不明显的线索就是：错觉—误解—行动—反应（误解扩大）——后果。

摆脱贪婪恐惧的心法最成功的一是佛学，二是心学。有觉悟方能摆脱自然本能，减少私欲才能尽量减少误解。真风流者必有玄心洞见妙赏深情。

误谛

误会总有事与愿违的含义。电影里总有这样的场面：两伙人打了半天，突然一个人站出来大喊：误会，误会，都是自己人。误会的学名叫误解。误解是既有悖于自己的初衷，又有悖于对方原意的领会。误解几乎是与任何交流行为呼吸与共的。

沿着学的路向说：误说、误译、误证、谬论、谬误——这样罗列很无聊，终极地说，包含了误解的所有的学，都是在"真谛"与"俗谛"之间加了个"误谛"。盖世人读书治学为脱俗谛之桎梏，但真谛并没有因得以发扬，反而眼见误谛大放了那么缤纷的光芒。如果说一部二十四史是一部砍斫史，那么一部人类观念史几乎是一部误谛史了。那么多当时的主流和官方意识形态，转眼就露出了"学说杀人"的血腥本相。

要真是只有真谛和俗谛这两种，天下几多清静、几多安分？事实上人们念念在兹的恰恰是那误谛。

信仰话语、独断论话语，决定论话语，都是建立在自明性的元概念上的。于是，无论后面的论证多么自洽，都是在自说自话。最糟糕的几乎变成在显摆自己对于这个世界的误解。因为自明性的元概念只是自己的工作定义，别人只能"因信取义"，要是不信了，就没了义。想信却信错了，叫误解。误解不同于明显的认知错误（错误论是另一个话题），误解是那种明明觉得自己很英明却偏偏误会了的思维状态，误解有时是并不全错的。认知错误可以简称为无知甚或愚蠢，恶意曲解可以简称为心术不正。

误谛总以为自己的是胜解。最无害的一种误谛是那种自恋式的高调，那是在对世界撒娇，这类体系、学说殊为不少。误谛能有影响还取决于接受。受众百样丛生，时机更微妙不规则。中国哲学很早就发现了"时"是至关重要的。同样一句话出现的时机不同，命运迥异。经常是人先有对"义"的需要才开始寻找能信的话语，然后，双方的恐惧与贪婪开始共振了。

尼采论谬误

尼采《偶像的黄昏》列举了四大谬误（注释的内容很丰富）：混淆原因和结果的谬误、错误的因果联系的谬误、幻想的原因的谬误、自由意志的谬误。总而言之，精神作为原因的谬误被混淆为现实！被设定为现实的尺度！号称唯意志主义的尼采其实是唯物主义者。

阿伦特在《精神生活·意志》中对"尼采对意志的否定"作了分析：尼采的意志实际上很无奈，充满了"愿意但不能向后看""和力量感之间的矛盾"。休谟的著名发现：原因和结果之间的关系在于由习惯和联想形成的信念，而不在于知识。尼采和休谟都认为"自由意志是人性固有的一种错觉"。超人回归于平静，靠锐敏的洞察力抗拒意志的催促、改变意志的方向，只剩下一个"做一个唯命是从者的愿望"。

"我是自由的，他必须服从"——这就是所谓的意志自由。

于是，没有自由之意志，更没有自由之思想，也没有独立的精神。那么，独立的意志就成了自我挣扎的自慰语了？那么，佛学和心学的基本原理能否成立呢？

阿伦特提供的一个提纲

误解——康德的"自然的诡诈"、黑格尔的"理性的诡诈"、海德格尔的"抗拒意志的意愿"。阿伦特在《精神生活·意志》中列举了"海德格尔的不愿意的意志"；尼采的矛盾是意志与力量；海德格尔是意志与思维的矛盾，主要是不愿意，他要从存在来定义人。"存在的遗忘"就是人与存在之间的关系的本质。思维是存在的功能。思维即"说出存在没有说出来的话"，是人的唯一的真正的行动。评估性思维的主观性是误解的原因之一。自我是通过意志活动被揭示的。

思维就是存在的思维：思维属于存在；思维倾听存在。人的倾听把存在的无声要求变成了话语。

思维意味着概括，是神奇地把特殊事物和一般事物结合在一起的能力，相当于康德的判断（特殊与一般的误差造成误解——分析哲学努力为之也不能彻底改变）。

《精神生活·思维》："把感性事物变成表象的能力叫作想象力。"记忆，唤起不在场的已从我们的感官中消失得东西。（在场的感觉与不在场的记忆造成误解）。

思维取消了时间和空间距离。常识推理是普通人的，在普通认知层面可能对，但不等于正确（韩少功的《马桥辞典》有显例）。

思维反对、否定意志，海德格尔想让这种否定变得"诗意"有建设性。

寻找思维、意志、语言之间误解的机制，何以可能？

人类为什么会有那么多怕？怕本身是个什么东西？兵法的基础是怕，美学的基础是爱。怕，出误解。爱，出误解。怕本身——须无生法忍才可以消除。有理性非理性之别，理性的怕是计算，非理性的怕是情绪反应。

自缠绕

所有的误，无论是误会、误解、误谛，都是自以为是却恰恰为"非"。我参与促成了我不想要的结果，哪怕从我的角度来说我并没有错。注意，这里的是与非的标准是一致的，是我走向了我的反面。至于误谛中我与众生的关系，我也是在众生中的，我不是众生的对立面。最难解的纠缠是自缠绕。误解像心甘情愿扛到底的人生悖论。悖论是自相矛盾的等价式，人生悖论是自为前提、过程自反、结果异化的自相矛盾。

举一个工具的语言的例子，合同中的所谓重大误解，是指一方因自己的过错对合同的内容等发生误解而订立了合同。具体解释是：误解一般是因受害方当事人自己的过错造成的，而不是因为受到他人的欺骗或不正当影响造成的。用概括的评论语言说，凡人的误解总包含着惋惜，这份惋惜就是自己对出现的这份"误"有份。如果重来一遍自己还是那个自己的话，那就意味着还会照误不误。

误解的悖论性根源在于误解的双方各有其晦暗难明。除了关于对方及问题本身信息不全，晦暗难明的更重要的内容是意欲的多变和心理的测不准。"世界"永远比单面的人复杂、事情永远比一厢情愿者的预期多出了戏剧性的变化。最后总觉得无辜、无奈，就是不愿意承认自己无能。

人之无能，首先是对自己的本能毫无办法。尽管本能自身无所谓误不误解，但本能自身互相反对，就出误解了。其次无能主要是意志无能，意志是非理性的，在非理性这一点上与本能同，但意志是本能的体系化、系统化，意志里面有信仰、习惯一类的更系统的非理性的东西，有了"他者"就有了发生误解的概率。欲望是暴君，所谓的理性也是暴君。人很难自由，往往陷入危险后，"荒谬地去理性"，以为理性＝德行＝幸福。这理性其实是种自缠绕的自欺，例如人类以往的大教条体系（都是当时的大理性）没有不自相矛盾的。

温和面对悖论

黑格尔讲过这样一个悖论笑话：在巴拉塔里亚岛总督的辖境内有一座桥，桥旁还树立了一个绞架。行人必须满足一个条件，才能被允许通过这座桥。这个条件是：旅客必须说出他真正要到哪里去，如果他说了谎，那就必须在绞架上吊死。现在有一名旅客来到了桥上，在回答去哪里的问题时，他说，他来这里是为了在绞架上吊死。守桥的人对这个回答大大地困惑了。因为如果把这个旅客吊起来，那他就是说了真话，应当放他过去；如果放他走了，那他就是说了假话。他们无法解决，于是请总督明断，总督说出了一句聪明话：在如此疑难的情况之下，应该采取最温和的做法，因此应当放他走。

温和是种轻灵的诚；

温和是苟学的底色。

强迫症

误解在你我他中是怎样"运作"的呢？不管愿意不愿意、故意不故意，误解的发生机制都包含着自欺欺人。自欺欺人的根源在于欲望大于理性。这里的理性是计算别人的要求的能力。同样，过于理性的傻瓜也用其理性误解着这个世界和他本人，基于理性的自欺常常是极端分子。极端的激进、极端的保守，都有"观念固置"的症状，简言之，可以称为观念强迫症。

人，是个情绪的导管

情绪最是变动不居，最为叵测无明。理学家说修道如搔痒，刚要下一点又要上一点，就是抓住了修道必须"体证"。所谓体证就是落实到情绪上，这看似肤浅却很根本，因为不落实到情绪就是外在的闻见道理。误解也是贯彻到情绪上的，因而是逻辑收拾不了的。维特根斯坦不得不向"语境"低下逻辑的头。

所谓"语境"其实是个情绪场。语言学、解释学抽象不了的是交流双方的情绪对接的意绪。"谈恋爱"谈的是不容抽象的人格,而是情绪体的合适不合适,所以谈恋爱能用语言谈的部分很少,主要是用"感觉"来谈,用心通过身来谈,谈恋爱的时候语言最为多余。恋人直接依偎着的时候误解少,因为身体很难撒谎,不能直接相依;用语言交流的时候,情绪不在一个"场"了,误解会容易出现些。其实,身体语言也照样有误解,误不误解取决于理会者的人性水平和感觉水平。误解阴险地藏在身体语言的暗处。所谓"默契"就是一瞬间的静态平衡。恋人间的情绪曲线在静态平衡线的上下浮动,成功的恋人也只是到达这条线的机会多一点而已。

误解的反义词不是理解,误解的反义词是不误解。这样说很滑稽,但是个事实。口说理解,包含了谅解、勉强认同、心非嘴是、目笑心非,而且明明是误解了还信誓旦旦地说理解理解。

误解则是根本没有感觉到一块,就是个感觉错。也许可以明言的部分全对了,就是没有感觉一个相同的东西,在不能明言的层面各奔东西了。

自闭

爱因斯坦想彻底把握上帝的思路,研究统一场,倾最后二十年的心力却泡了汤。他处理的还是物理世界呢。处理心理世界时,人人都在充当爱因斯坦,人人都在建构自己的统一场。更致命的是,一个人的心理场也并不统一。

每个人都有自己的观察陈述的感觉核。自闭，毫无疑问是误解永生的一个基地，至于误解后派生的孤独倒是误解的副产品了。

以儿童电影《魔比斯环》的剧情为前提，假设有个虫子只能生活于二维平面，它永远不会知道有高度这回事，它会永远生活在误解中，以为自己一直行走在一个平面上，其实它已经走遍了两个面。人能理解四维空间却难理解多维空间，宇宙就总是不可知的，人比虫子高明得有限。大尺度是不可知，小尺度是测不准，不是无解就是误解。当人与人的心理空间维度不同时，误解也就不可避免。

失衡

天人合一讲得就是个天人均衡，要求人的情绪场自然合理，符合"天"（天性是天的一部分）。

合一的方法或曰功夫就是一个"诚"。诚，一是真，二是成。因真而成，是最难的也是最金贵的。当然不能以成败论真假论是非，因为对人诚不能保证人家也诚。人对自己不诚叫自欺，对人不诚叫欺人。诚是可以"衡"的主观可能，诚对天可以尽情尽性，对人就不必然能诚得出、诚到底。人与人之间因不诚而失衡。

不诚无物因为不诚则失衡。失衡就是"不对"了——常说的对不对，其实是个"衡"与"不衡"。衡，一是内外和谐，二是与对象对称、对等；不衡，就是斜，斜在对方眼里就是"邪"了。

不自欺欺人的失衡也是有的，如过度紧张、过度诠释、过度谨慎等。

失衡不是过就是不及。静止的"过犹不及"还容易说，动态的便须从消长中讨消息了。

理性的迷宫

人类举着理性（这理性现在变成了工商法则一元论）的大旗一路高歌猛进。征服自然的叫自然科学，对治人类的叫社会科学，这些科学发展得无所不用其极了，还是无奈地发现在物理世界和心理世界最终都是"测不准"，这是天谴，还是人限？不管是天谴还是人限，这测不准让人生活在误解的城堡中、此刻不知下刻的命。迷，越解越多；秘，越解越深。逼得人们即使"裸奔"也觉得迷宫越跑越大。迷宫在内不在外，无以名之，姑且叫误解。

误解能够承担时是喜剧，不能承担时是悲剧，到了不知道能否承担时便是电视剧了。误解的循环便是国人的轮回。人与人之间的"无间道"的"道"正是这个误解：制造让你误解的陷阱，引诱你钻入误解的圈套，这些都需通过你的误解来配合才能完成。

研究思维形式的逻辑是解决不了误解问题的，因为决定逻辑的必在逻辑前，谬误的逻辑只是误解的逻辑表达。清理逻辑谬误、认识错误的人和书已前赴后继了两千多年，人们照样该怎样谬误就还怎样谬误，而且越发恬不知耻地一误再误。人生苦短，娱乐至死都嫌不够，谁还肯反思自己的"误"，他们只能感受一种"我'误

（错过）'了我想得到的东西"。

就心理世界而言，测不准的是那非理性的汪洋大海。误解是所谓的理性与非理性之间的那个"焊点""拐弯"，是真实人生的风景线。其实，所谓的理性往往是最不理性的，如饿死事小失节事大。儒家文化想带着大家一起崇高，一进入权力系统号令天下就收获了野蛮，越诚越野蛮。还有那些自己觉得自己悲壮却干着野蛮的事的人，这就是在大道理下打着小算盘，还至死不知。有些非理性的却有大理性在，如艺术上大大突破传统的里程碑的作品。

自以为是

歪脖子看戏怨台不正，拐子走路怨路不平，盲人不信彩虹在，莽夫不顾有伏兵。

诸如此类，都是把愿望当理由，把已知当当然，把固执当幸福，把意志当规律，把自己当教主，把别人当傻子，把失败当作失败之母。

圣贤与歹徒各有其自以为是，就像聪明人、傻子各有其自以为是一样。

人人都自以为是，因为人人都不得不"我以为"。但是，有人自以为是成了一代英豪，有人自以为是成了十三不靠，有人自以为是成了"一代法"，有人自以为是成了只有一种尺度的动物。有人心甘情愿地做自己不愿意做的事，构成别一种自以为是。

失败

就像误解是人生的戏核一样，失败是人生的总账。

人与别的动物的最重要的区别，不在于追求，而在于人对失败有足够的意识。文史哲这三大科几千年都在说着些什么？都在说着：人，是失败。不信，你就再回头看看，用"人，是失败"的眼神回头看看："滚滚长江东逝水，浪花淘尽英雄。"更别说那些战争、瘟疫、自然灾害了，自然还有一些"乱七八糟地活，稀里糊涂地死"的"人"了。

几乎会造句的人都有过自怜失败的句子，几乎会做事的人都做过自寻失败的事情。但是，没有人清醒明白地面对"人，是失败"这个现实。人们要快乐的乐观主义，要娱乐的游戏主义，不要阴郁的悲观主义，于是人们在鲁迅痛恨的"瞒和骗"中东误西解，岁岁年年。

只有茨威格主动提出：认信失败，并要把它变成主义，以让欧洲乃至于全人类获得一种柔和、安详，借以彻底遏制竞争、战争。这是"落到底"的策略了，只有如此才能看清真相、活出明白来，当然，照样没有唤醒一个。

《参同契》有言："千举必万败，欲黮反成痴"。失败这部大书，再怎么写都是失败，与其五心六意的归纳、歧道多乖的解读，不如就此打住。

第二章　艺术

哲学作为艺术

哲学作为艺术，是思维的艺术，是没有标准答案的创意、不能预定的判断。哲学具有了艺术品质才是创造，才能逼近真。

真理与艺术的关系：真理是明，心见性，是天使本能的在场。艺术作为现象场（创作出来的世界），首先是将某物构成现象，其次艺术性与艺术品的技术意义、精神意义都是现象场。现象场是独立的又是相关的，是精神的也是技术的，不管其物质形态怎样，都是一种精神实在。

艺术与死亡、爱欲：生本能、死本能、天使本能（良心）的关系是根本关系。

形式能力的要害在角度和分寸感。

自由：游戏与真理是任何艺术、艺术哲学的核心构件。维特根斯坦的语义观、本雅明的政治观、伯林的自由观是巨大参照。

良心是直觉的根（良心不是一般的善恶）。良心是禅：当机、对景。来自经验与训练的直觉与来自童心良知的直觉有层次上的差别。卡夫卡是良知直觉的典型。

哲学、艺术都是兵法，无穷悖论中的时中（判断力），一切都是个能力问题，能够无中生有的能力。

艺术是开放的，艺术哲学也必须是开放的，哲学作为艺术就自然开放了。艺术是开放社会的内驱力。

哲学作为艺术意欲"何为"？寻找可能性。何以能如此"为"？通过艺术。人是一种未完成的存在。艺术不是抗拒存在的被遗忘，而是发现尚未存在的存在。在悖论和误解中发现，在克服悖论消解误解中发现。

艺术乌托邦

艺术是有情觉悟、感性真理，是乌托邦的启迪，也启迪乌托邦。

艺术是"尚——未"，是极其物质的同时又是极其超越的，是物质的超越性、超越的物质性。

艺术是乌托邦。艺术比宗教还乌托邦，艺术的乌托邦是人性的，而非神性的；是大多数人同感共应的，而非宗教团体中的信仰；是不追求乌托邦的乌托邦，是极其个性的又是极其共享的，这个共享揭示着人们的乌托邦精神关系。

艺术的本体论驱动力不是欲望而是乌托邦，除非你说乌托邦也是欲望。精神、宗教虽说也是类本能，但与欲望，尤其是生理欲望有别。生理欲望，包括潜意识只能使人走向奴役、浑浊（又暴力又软弱）、堕落，不能使人走向解脱、明晰、升华。乌托邦能吗？乌托邦是什么？何以可能？乌托邦是精神维度的，是有个性的理想国。乌托邦与梦工厂不同，是自我与他者可以共享的经验的超验、超验的经验。

这也就是艺术的本质了。乌托邦与艺术是一而二、二而一的关系。区别在于艺术有技术含量，乌托邦有精神含量。

乌托之邦因此当然是艺术之都。

那么，为什么乌托邦是艺术的本体论驱动力呢？因为艺术的驱动力是超越。这种超越力我们无以为名，名之曰乌托邦冲动。

乌托邦的精神功能：

期待（意）：相信未来。尚——未。对未来经验保持开放。热爱生命：对个体经验也保持开放。

启明（智、知）：未来处在一个不断启明的过程中。

拯救（爱、情）：救赎、接引。自我拯救、自我接引是关键，也包括拯救别人接引他人。

乌托邦的精神功能就是艺术的功能。

生命哲学的形而上维度是必须靠乌托邦推动养护的，艺术的使命在于此。可能——尚未。

人的尊严在于不断追求尚未存在的一切。乌托邦就是尚未存在的存在。艺术就是探索这种存在的实验（革命家都有艺术家气质的奥秘就在于此：为了乌托邦献身）。

问题的核心在于怎样才能保证希望原理成为成功原理？尽管成功了之后还有尚未，没完没了，但成功是不可替代的，尽管成功并不比失败更有意义。

那些如愿以偿的失败是富有恒久魅力的，在艺术上未必如此，在美学上却定然如此。

在用情上，艺术与乌托邦一致；在用智上，艺术与兵法一致。

艺术与兵法

艺术与兵法最能揭示人类思维的"元现象"：已知与未知之间、规则与突破规则之间、最知行合一、最确定与不确定合一。都是博弈论中的重头戏。

兵法是最大的行为艺术学。兵法讲斗争、讲自保、讲自身利益最大化。艺术讲超越、讲养育人。艺术也需要博弈，艺术是作者与传统、对手、受众的博弈。不得不创新、求异、图变。

艺术是把不确定的智慧确定下来的能力。

兵法智慧充满艺术，因而是活的艺术哲学，比结构、解构之类要根本得多。激情与机趣结合的技巧。艺术规律就是说有又没有，说没有又有的"道"，不是简单的没规律。用兵最怕形式主义、教条主义，也怕一厢情愿的理想主义。

纯粹意识

无论是创造艺术的意识，还是接受艺术的意识，以及艺术品里包含的意识，肯定不是什么纯粹意识，但是纯粹意识的妙用、效用、显现。艺术家是纯粹意识最多的人，他们超越凡俗的部分就是纯粹意识。这个纯粹意识并不神秘，只是一点寂静的玄想，显例如卡夫卡。

想象力的根在纯粹意识。为什么有的人想象力陈旧，就是因为被日常知见遮蔽了虚灵不昧的良知良能。王阳明费尽心机想证明良知是纯粹意识（无善无恶）。

通过各种意识获得纯粹意识，是心学与现象学的共同追求。

纯粹意识与艺术形式的关系，最重要的是能力。首先是技术，如书法、绘画、作曲的技术能力；其次是条件；最后是状态。

纯粹意识是判断力的根、想象力的根、自由（彼岸）与真理（觉悟：情悟、理悟）的根据。

纯粹意识就是明心见性。一切法相都是我们自性的显现，我们透过法相及其作用，见到我们的性体就是明心见性。所谓明心，明了心不可得，明了心思法体的妙用。所谓见性，明悟并确信性是一切妙用的主人，性是一切法相生起的万能体。

佛教哲学与现象学一致：照体本空与纯粹意识。

道家与维特根斯坦：反对独断论。

自由意识是纯粹意识的一个侧面。

艺术的要义是自由意识的实验。自由地寻找自由、自由地探索自由，创立自由的形式、建立自由意识和自由的意识。

所谓美是自由的象征，自由永远是"尚——未"，象征是揭示了隐喻关系的实在。象征是情感希望的形式。艺术中再抽象的也是情感的。理念是抽象希望，需要直觉触媒。

人道的本质是因善良而来的智慧和能力。

直觉

直觉起源于生命，艺术是直觉符号，直觉是等同确认的能力。

在哲学的语境中，直觉就是对心灵和世界的超越性领悟。具体地说：

作为本体的直觉是生命的时间形态，或者说时间是自我的呈现方式，从而是一切精神活动的源头和基础。所谓基础不是低级而是最基本。所有的人文和科学的活动如美、真、用、善诸方面的努力和能力都是以直觉为基础的。

作为观照方式的直觉，首先是对生命本身的一种领悟，是一种独一无二的同情能力，是能把任何感情变成审美感情的同情能力。

直觉是一种赋予情感以形式的能力。直觉就是心灵给物赋形，或者是把外在的东西纳入心灵的形式之中。直觉即表现。

所有的直觉都可以是艺术的和审美的，从功能上说没有特别的艺术直觉这种东西。但是，直觉的品质是有等差的，正如人的直觉能力是有等差的一样。克罗齐说，美学只有一种，就是关于直觉的科学。他在《美学原理》一书中，细致地区分了艺术直觉与一般感受型直觉的界限。

直觉是浑然整体，既是形式，又是内容。这里不存在主体与客体、感性与理性、自由与必然的分裂。

直觉是理性的自明性，理性起源于直觉。再推开一点说，理念无直觉必空，直觉无理念必浅。

直觉是洞察难以表述的生命之流的体验方式，既是洞察力也是预见力。这也是心灵的基本而必然的需求。

　　直觉是一种情智交融的与人类本性相类似的体验能力，这种体验能力是人能够置于对象内部，使对象自己显现自己。套用语言的说法，直觉是一种使对象"说话"、显示其意义的"语言"。有时候人只有通过直觉才能突然看出处于对象深层的整体意义，哪怕只是在一瞬间（所谓的灵感状态都是直觉状态，当然直觉未必都是灵感）。这个瞬间就是使存在在现象世界中获得了澄明，现象之美是获得澄明的现象。

　　要用一句话说尽直觉的意义，就是它能使存在现象化，它能使现象获得澄明，它能使现象之美得以呈现，用古汉语的话说，就是：目击道存！

美的意识是根源性的本能直观

　　正像康德、叔本华、今道友信一再强调的那样，美的意识从来就不以美作为对象，虽然它是有关某一事物的意识，但"那物"却不是美的意识的一个成因。美的意识恰恰和自我意识一样，是根源性的本能直观。之所以说它具有根源性，那是因为这种直观是一种直接的把握，这种直观不具有瞄准对象这一极限的感情距离。我们之所以称它为本能的直观，那是因为它不但不是作为感受产生的，反之，美的意识的直观，却是产生于超越层次的人的意识中。

直觉是分析的基础

　　直觉的根在存在。艺术的根基也是存在问题而不是认识和技术问题。人为什么需要艺术？正是为了从被切割的现实中找回完整的自我。人的自我是不得不分为时间自我和空间自我的。时间自我是生命本然的、未被理智切割、未被投射到空间中从而保持着自身绵延的整一性和不可分割的内在的自我，而空间的自我是身份、社会理性分割的外在的自我。人是被迫分成两半的，人必须有经济需求和艺术需求，是由这种两半性造成的，人的心灵或意识是一种变动不居的各种色调相互渗透的源源不断的多样性的体系。人的存在是一种"直觉的川流"。

　　直觉显然是生命的天赋。当我们历数生命本能的时候，首先应该数到的就该是它，在具有直觉这一点上，所有的动物都是一样的。飞禽走兽的直觉能力甚或比人强，人的分析能力则高于其他动物。而分析起源于直觉，或者说分析是以直觉为基础的。直觉是能够抵达形而上学的，而分析则不能。分析只能是实证的工具，适合去把握无生命的、机械的东西。

　　直觉是中国传统思维形式的核心方式，只是古代人不用这个词儿而已。西方的直觉问题相当复杂，简单地说可分为理性直觉派和意志直觉派及艺术意志直觉派。在某种意义上说中国的直觉思维的特征是注重意象的统一，注重超越世界和现实可感世界的统一。与列维－布留尔和荣格所说的原始思维有一致性，是保持着互渗律的综合性和神秘性的。看，就是"看本身"；表象就是"表象本身"。这种直觉是以现实中的人的具体感性为中心的感性领悟方式，在简单的感知中包含着与生命与万物融通的觉悟。如果与西方的直觉相区别，可以说是一种"意象直觉"，是与艺术相互为用的思维能力，而且要想与道、本体沟通必须靠直觉，用感情去感觉。

直觉获得形式

人类的直觉方式和能力随着社会的生活方式而发生历时性的变化。笼统地说，古代的人更多的是在与对象世界的相互依赖中感到自身存在的真实可靠，更多的是在对象世界中反观自己。直觉也多是借助与对象世界的交融才能被激发，才能被把握，才能获得其形式。这也是古代的审美方式以"和谐"为主导的原因。譬如古代中国的"神与物游""触景生情"与古希腊的高贵的单纯、静穆的伟大。古代艺术的意境主要是生命直觉本身通过移情到一个物象上而被空间化，从而内在生命也被客体化了。而现代审美形式主要是在挣脱这种"看不见的模式"，人们渴望直觉以其自身的形式直接呈现出来，并创造属于它自身的形式。这不仅是现代艺术形态的主体特征，也是各种现代哲学一再诉求的渴望，从尼采的酒神精神、柏格森的绵延到狄尔泰的诗性体验都想建立主体独立的、能够凌驾空间形态的时间形式。用克罗齐的话说就是，因为直觉中出现的空间是心灵化的，也就必然带有心灵本身的特点，即时间性。这就产生了直觉之不可分割性和不可分析性。

意义

"意义"，是胡塞尔意向分析中的中心概念。胡塞尔本人曾经阐述过这个概念的双重含义：一方面，意义可以是指感知的完整内容，也就是说是指意向对象连同其存在样式（定理）。这个界定的要点在于：意义概念与对象概念在胡塞尔那里是密切相关的。每个对象都必须回到构造出它们的先验意识之上，就这点而言，能够成为对象的就是有意义的。另一方面，意义也可以是指这样一个单纯的意向对象，人们能够从那些可能变化的存在样式中强调出这个单纯的意向对象。在胡塞尔那里，意义概念与含义概念大体上是同义词，尽管含义概念更适用于逻辑分析，意义概念更适用于意识行为分析；与含义相关的是"表述"，而与意义相关的则是"行为"。最简单地说："意义"这个概念所标识的是意识行为的"意向相关项的核心"，它是一种"在某些行为中对我们展示出来的客观统一"。胡塞尔认为，所有实在都是通过意义给予而存在。

所有艺术的工作方式毫无疑问是一种"意义给予"。"意义给予"是对意识的"立义""统摄"功能或意识的"意向活动"进行说明的概念。一堆感觉材料在统摄的过程中被赋予一个意义，从而作为一个意识对象而产生出来，面对意识成立。胡塞尔的现象学，提出审美过程是直观的，这直观确定着意义和区分着意义。审美体验具有一种意向，意向即是对审美对象意义的确定，对象在意向体验中被揭示出来。

胡塞尔认为生活世界是由根本性的意向性构成的。意向所指的符号包含着丰富的美的信息，直观需要动用经验的储备和理性的判断。艺术旨在描述现象，审美活动也只是显现人意识中的意象。为使意向所指的审美对象得到完全的显现，在精神的统摄中获得整体的印象，就需要还原对象，而还原即超越的过程。超越必须摆脱偶然因素对心态的影响；同时，一切精神产品被设立或构成审美对象，必须废弃任何预先的假设，以便以纯粹直观的目光面对客体。这样才能"回到事物本身"，从而发现本质只是经验的意义和结构而已。

第三章 心能

心

心除了是精神自我，还能是什么？唯识宗的心已经不再是个体的心，而是人类抽象的纯粹意识。心学之"宇宙即是我心，我心即是宇宙"的心是绝对精神。心，以其身体化的精神沟通绝对，形成性能化的信念、情感化的思想、精神化的感觉。心，能够与理乃至于天理一体。

万物一体是"文学"的哲学，不是科学的哲学。"一体"，可以是个心理事实，不是一个物理事实。物理事实是可数的（有限的），心理事实是不可数的（无限的）。

儒家的万物一体理论有效地控制住了生命意志的膨胀，也有效地制造了意志无能，本来想使"心"大起来，却使心小了、软了、弱了。但是，在长程的循环制衡（即理）中，又以其耐性表现出不战而胜的柔软持久的力量和能力。

良心

良心是一种澄明的情欲，是精神的能量，是天理的本能化。人们能够从中抽象出责任感、正义感，但任何抽象都只能见良心不能尽良心。用概念派们的逻辑可以做各种归纳，然而其神韵在：不如此寝食难安，是一种无私的（利他的）私心强迫症。

良知

良知是生命本源性的知觉，所谓"不虑而知"就是强调其本源性，这个本源性是说人人先天具有，从这个意义上说是"现成"的，但是如同命能够丢，良知也能丢。命丢了找不回来，良知丢了可以找回来，只能从自身找不能从外头找。所谓丢往往是被别的活埋了。用减法，把压着良知的东西去掉，良知就显现出来了。这也是人临死时或者到了临界点时，无所顾忌了，明白了自己到底是咋回事、到底要什么。

良知是良心的知觉状态。

爱爱

王阳明的一生是不见容于世又在俗世获得成功的一生，是官当到建伯封侯却又负屈抱冤的一生，名满天下，毁亦随之。他的性格也是飞扬与谦抑兼具，无日不忧亦无日不乐，一股豪气一派静气。他说良知是太虚，却又主张随在喜怒哀乐的情绪波动，在家常小事本职事务里着实用功。他想要王道的心掌控霸道的力，与妻子对丈夫的期许是一样的：既要有本事，又要人性脾气都很好。他想用"良知本虚，致知即是致虚"来克服私心物欲：通过对人仁从而"鉴空衡平"（明心的基本义）；通过爱"爱心"而显现出天良、显现出与圣人共有的良知（见性）。希腊的哲学是爱智，阳明心学是爱爱。或者说从孔孟到王阳明到谭嗣同的"仁学"是爱爱。

爱爱是良知的核。

学在闺门衽席

《明史·王阳明传》只附了一个学生，他叫冀元亨，他因去过宁王府而被当成阳明通宁王的证据给抓起来，在锦衣卫的监狱里受尽百般折磨。但他对人依然像春风一样，感动得狱吏和狱友一个劲地哭，他把坐大狱当成了上学堂。所有的司法人员都以为奇，问他夫人："你丈夫秉持什么学术？"她说："我丈夫的学问不出闺门衽席之间。"闻者皆惊愕不已。在闺门衽席之间，是说他活出了真诚恻怛来，这真诚恻怛就是人人能口说却难实现的良心。

良知是鞋

孟子标举良心被争雄称霸的战火给湮灭了。越千年，王阳明把它提出来、确立下来了。他的"致良知"功夫就是要你站在地平线上，然后脚不离地地无限地向上升华，把人拉成顶天立地的大写的人。

拔着头发离地球的是阿Q，当缩头乌龟还挺体面的是假洋鬼子，爬着走而无权杖的是读书没有悟道的孔乙己。只要权杖而不愿当鞋的是各种皇帝（政治流氓）——他们的权力意志不是尼采吁求的权力意志，只是反人道的独裁欲望。良知学提倡这样一种生活方式：既生活在这里，又生活在别处！先做只鞋，再插上权杖，也不是良知学的精神。那是把鞋的大地性当成了手段，断断成不了圣雄，也许能成个枭雄。

再高贵的鞋，也是踩在脚下；路也正在脚下，路有不得不走的路，也有"灵明"之路。有生活在别处之生命意志的人才能"践履"在"灵明"的道路上，而许多人最大的痛苦就是找不到一只合脚的鞋。

致良知，就是给你找到可以上路的合脚的鞋。致者，实现也。能否实现呢？就看你肯不肯去实现，因为，它就在你自身——"心即理"。王阳明这样解释孔子说的上智下愚不移：不是不能移，只是不肯移。

说无路可走的人，是没有握住自家的权杖，把生命的舵送给了别人，那人哪怕是上帝也会变成魔鬼，上帝的真诚包含着上帝的欺骗。

良知学并不给世人提供任何现成或统一的鞋，如果有那种鞋就是枷锁和桎梏了，良知学只是告诉人们：每个人都能找到自己的那双合脚的天天向上的鞋，找这双鞋的功夫与天天向上的功夫是同一个功夫。

路在脚下，鞋在心中。你的任务是找与走，走着找，找着走，边找边走，摸着心中的石头蹚过脚下的河……

良知是秤砣

人在路上，都是叫花子打狗——边打边走。这样，拐杖就像权杖，而且权杖不是一根棍，它在随机应变的过程中凸显出权杖的"权道"来。这个权道的"权"是秤砣，以及因此衍生的权衡、权宜的那个权。对于人心来说，权，就是"感应之几"，"几"就是微妙的恰好，像秤砣一样随被秤之物的轻重而变动，找到应该的恰好。所谓道，就是"体乎物之中以生天下之用者也"（王夫之《周易外传》卷一），粗略地说，就是规定运用并显现于运用中的意义。权道就是能够"时中"即永远恰当的道。权，若无道，变成了水漂、风标。中江藤树有这样一句话："权外无道，道外无权。"

没有权道的权杖，就成了摆设。吻合了权道，权杖才能变成如意金箍棒，草鞋才能变成船，驶向理想的港湾。通权达变，是孔子认可的最高境界。不能通权达变就会刻舟求剑、守株待兔……

权道就是在践履精神上加上权变智慧的一体化，绝对不是无标准的变色龙、流氓。一讲权变就滑向流氓，为杜绝流氓就割断权道，都是找不到权道、反权道的呆汉的"一刀切"。权，人心这杆秤的秤砣，阳明说就是良知，它自体不动，无善无恶，却能量出善恶是非。

所以，良心是只鞋还带着秤砣，是风铃也是驼铃。

揉心学

心学是心易、心艺，感觉化的思想、哲学化的艺术。

心学不是佛学，你信了它，它也不会就保佑你。心与物的关系，一般人是"逐物"，仙佛人士是"绝物"，理学是"格物"，心学是"胜物"。所有的心法都是想如何胜物，都想造成"我顺人背"的时势、时机。都想不等于都能，能够如此的也未必是能力够如此，也许正好"机运"使得如此了。单靠心法未必能奏全功，还要看大形小势，心学主要是想解决一个开端正（"中"是未发之体）、感觉对（"和"是已发之用）的问题，不能够包揽全过程，具体的操作该咋样就得咋样，如打仗就得按打仗的套数来。心学是修炼心的行动力的功夫学。

我们痛苦是因为我们无能，人的能力从哪里来？王阳明说是从人人具有的心力来。心无力谓之庸人，而歹徒强盗心力高强却天良丧尽，这个问题怎么解决？怎样才能心力强天良盛呢？王阳明说知行合一，静虑息欲致良知。致良知的人是善良有能的人，是能够善良出才能的人，是拥有善良之才能的人。静虑息欲这个办法的要领是摆脱思维定式（成见、定见），从而明白活泼地做出个最好来。时至现代社会，心力只是能力的基础了，能力里面须有更多的技术要素。技术固然能够开拓心思现量，而心态更能左右技术的发挥使用，鉴空衡平的良知态能够让你超越强横与脆弱之上，能让你最谦抑最无畏地活出圆融来。

如果说文学是心软学，那么心学是柔心学。这个柔是中气充实内力弥漫之柔，可以以柔克刚的柔，不是软弱无力之柔。一个没有弹性的心脏是个完蛋得差不多了的心脏。天下之至柔能攻天下之至刚。太极就是太虚，良知就是太虚。如今人都活得太实坨坨了、不透气了，全然不知道意义在虚的道理。不虚就不能灵，就不能柔。不能柔活虚灵就不能担当人性最大的可能性。老子教孔子柔克刚，王阳明的致良知教世人的是柔心成真人：仁人以明心、爱爱而见性。

通过任何生活创造自己

渴望不朽的人认为日常生活不值得过，渴望生活的人认为追逐不朽是虚妄的。心学大师王阳明告诉你，人可以通过任何生活来创造自己，渴望生活与渴望不朽正可一统于"致良知"。他还告诉你一套随分用力、用自我的力量来生成自我的方法，找着良知这个"发窍处"，便能每天都活出新水平。若找不着便架空度日，给别人活了。凡·高渴望生活而不朽，阳明渴望不朽而生活，他们的感觉把他们的生命和生活一体化了。这个一体化的后果就是他没有被那个世界给窝囊化了。

心学就是这种建功立业、诗意栖居活出性灵的感觉学，是个靠精神胜利法建立起来的即使俗人也能感受其效果的圣贤英雄一体化的希望哲学。匹夫而为百世师，许多人都从阳明学中取了一瓢饮。王阳明的启示在于：凡墙都是门，圣雄事业也从心头做。他高度强调道德的自我完成，并因为这种追求相当纯粹反而建立了惊天动地的事功，而不是相反，讲道德就什么也不干了，像以往成了艺术品的君子那样。他的秘密在于超道德而道德化、超实用而相当实用，又不是两张皮，从而真诚至极又机变至极，高度恪守道德又相当心智自由，将一生变成了自觉改造自己、自觉改造社会的生命历程。每一天都不白活，无事时成圣，有事时成雄。

良知能给我们的

良知是人先天具有的自性，既是人所固有的智慧，也是人心与宇宙相通的本源性直觉，不是简单的道德良心。当代日本人矢崎胜彦用阳明心学发展起来的"将来世代的国际财团"意在证明良知之道的大意义：克服我执，超越经济至上主义、科学至上主义、眼前至上主义等。唤醒每一个人内在良知的地球市民意识，呼吁以此为行动准则，建立开拓未来的新文明。

小而言之，人活着无非是说与做，有的人多言，有的人沉默。阳明告诉你，多言的病根在气浮、志轻。气浮的人志向不确定，热衷于外在炫耀，必然日见浅陋；志轻的容易自满松心，干什么都不会有高深的造诣。而沉默包含着四种危险，如果疑而不问，蔽而不知辨，只是自己哄自己地傻闷着，这是愚蠢的沉默；如果用不说话讨好别人，就是狡猾的沉默；如果怕人家看清底细，故作高深掩盖自己的无能，那是捉弄人的沉默；如果深知内情，装糊涂，布置陷阱，默售其奸，那是"默之贼"。

做事都想成功，任何事情都是人做的，人心遂成为成败之本。

心学功夫强调既不动心又随机应变，在无定中找出定来，在不一中建立一；不能因不变而僵化，也不能因善变而有始无终；而且贪则必败，怯又无功，只能在物各付物中找到那个恰好，总之是让你修炼出最合理的生命姿态、一意致良知的心态。所谓合理就是既不要做善良而无用的老好人，也不要做为达目的不择手段的阴谋家。抽象地说，就是要活得正义而有效。全部文化大道理落实到具体的人头上，就是形成有个性、创造性的态度。

虚灵不昧

心学是这样一种心灵学问：要人们认识到在人本身存在着独立的精神能力，人的义务和特权就是以自己的全部机能，增进对自身的正确理解，能动地追求更高的精神水平。态度是人思考世界并对之形成意识的方式。致良知的主要目的是唤醒一种澄明的意识状态。各种知识是有终点的，而这种澄明的状态则只是起点，不仅超越有限又无情的知识理性，也超越蛮横的唯我主义。它只是启发你生生不息地去自强不息，进取超越。

凡人也能学圣雄吗？不但能而且应该，因为圣雄是后来看着如此，当时的人多看见了其俗人的一面。最简单的办法是在纷繁复杂的世事、欲念中找到"虚灵不昧"的定盘星，有了定盘星就无施不可、无往不恰到好处了。这个定盘星既不在任何貌似真理的说教中，也不在无穷无尽的对象界，只在你心中，是人人自家都有的"良知"。但是有人自信不及，自己埋倒了；有人贪欲太重，把良知遮蔽了;有人理障太深,不见自性……所以稀里糊涂地活、乱七八糟地死。追逐什么死于什么,没有找到生的根,就只能到处流浪、与物同荣枯。心学大师王阳明的一生是用德去得道的心学标本,他在艰苦卓绝的历程中找到了"自性",从而绝处逢生;有良知指引,任风高浪险,操船得舵;既现场发挥得好,又不是权宜之计;每一举措都既操作简便,又意义深远。

心学是能将所有玄远的意义感觉化的身体力行的艺术。阳明说,功夫愈久,愈觉不同,此难口说。

落实于取

墨子说,盲人也知道黑白的界说,但让他挑选具体的黑白之物,他便不知道哪个是黑哪个是白了。所以,可说盲人不知黑白,不是因为盲人不知黑白之名,而是因为他不能辨黑白之实。同样的道理,高谈仁义的人,说得那个漂亮可以胜过大禹,但让他们在仁与不仁之间选择时,便不像说得那么漂亮了。可以说,这样的人不知道仁义像盲人不知黑白一样。"非以其名也,亦以其取也。"(《墨子·贵义篇》)

自从人结成类以后,"名"就日益掩盖甚至取代了"取"。学术的积累和传承都在膨化着"名",名是"知"可以层累,而"取"是"行"、是每个人的直接经验,不能直接代际层累。怎样才能知行合一、"名取"一体,大而言之是个如何获得真理的问题,但中国人不感兴趣;中国人感兴趣的是如何"取"到"名",中国的权力资源叫

"名器"，谁学好了那个名，就成了器。单为此，就不免以学解道，消行入知。于是，仁义道德，就成了"三岁孩童都道得，八十公公行不得"的广告词，当人们反过来要用仁义道德之名来窃取荣华富贵时，言行不一遂成为普通的人性炎症。

起脚于古越的阳明子，有着禹墨这一脉的精神气质，这是他与不能知行合一之儒的精神差别。他为了消解言行岐出，提出心物不二、心为根本的问题，重新设定人的出发点和归宿，把天理内心化、把心天理化。他用落实到"取"上的知行合一来对治二重道德、二重人格，从而知行合一地做人做事。

圣人功夫，俗世智慧

所有的人文学及其术，都在回应着一个根本问题：面对难题、苦难，实在没有办法的时候还能怎么办？哪一种学说、学术能够被掌握并成功了，于是"下自成蹊"。阳明一生颠厥，在逆境、绝境中悟出只能靠自己的心力才能，就能解决凡夫俗子过不去的问题，并因此锤炼出一套"即用求体""有体有用"的上可以成圣下可以应物成仁的功法。在一个没有宗教的国度发挥着艺术化的（没有强制性的）宗教功能，可姑且名之曰"良知教、良知之道"。

阳明的良知之道也是立本的，这个本如果能开出新体制就是"大同世界"；牟宗三想让它与现代挂钩，也只办到了个心向往之。五百年来人们学心学、信奉心学是因为觉得它有用，这也算"即用求体"了。有经世致用之志的，认信心学比理学能够建功立业，觉得它是直接有用的俗世智慧；有明心见性之志的，感到心学比理学真诚出感觉，更易做成圣人功夫。将二者打并为一，真能"心即理"者几稀。心学号称五百年不老，因其能够供应着各取所需的人们来"拿"。

真正从掌握"入德之柄"认信良知说的，于日本是中江藤树，于韩国是郑齐斗，于中国是谭嗣同。谭嗣同的悲剧更显现出心力说的伟大。看看《仁学》的目录便知他与阳明学一气贯通："智慧生于仁""仁为天地万物之源，故唯心，故唯识""仁者寂然不动，感而遂通天下之故""不生不灭，仁之体"等。这不奇怪，因为王阳明直承孟子，《孟子》是谭嗣同《仁学》的思想资源之一。孟子是用千年的眼光，看百年的是非，孟子是用讲良心的方法，去做需要用手段的事。孟子的特立独行，辗转于滔滔浊世，是希望用浩然正气打通天地间本不该有的壅塞。谭嗣同是孟子大丈夫人格理想的真实典范。

谭嗣同是湖湘文化的代表，湖湘文化一个突出特点就是"致知力行，"所谓"致知"，就是"穷究天人"，探索宇宙和人生的大本大源，认识自然界和社会，寻找其发展的规律性；所谓"力行"，就是用探索到的规律来指导自己的行为，改革社会，实践人生的目标。为了实现自己的政治理想，都主张"内圣外王"之道，把"致知"（圣人功夫）与"力行"（俗世智慧）统一于自我价值的实现上。致良知之道遂成为这一代代志士仁人"共由之轨"，这种"致知力行""经世致用"的思想模范深深地影响了一代又一代的湖湘学子。

移情

移情是源自心性的同情能力，是文学艺术的生产力，是想象力的娘，因此也是中国思想、哲学的主要工作方法，如同文学是中国哲学的主要表达方式一样。天人合一几乎是一种特殊的情景合一。知行合一的奥妙在于行即知、在于行中移入了良知诚意。譬如孔子讲孝道，关键是"色难"。所有的伦理行为都必须移到情，不然就是表演，就是别有用心。钱穆说中国"宗教是政治化的，政治是伦理化的，伦理是艺术化的"（《中国文化史导论》），这个"化"，就是移到了情。人化自然就是把人的意欲施加给自然，赋予自然意义的过程，就是人移情于自然的过程。所以，人动过的东西、人类留下的"痕迹"，都是马克思《巴黎手稿》说的卷起来的人类心理学。

移情是经验外推，一旦推成功，对象就不再以情感本意、幅面为范围，相对于原主人而言就可以变成超然的了，宗教、礼仪就是这样倒过来统治人的。马克思把它正过来，并宣布每一次解放都是让人回到人自身。

心·物·道

即使还沿用主客二分法，主体与客体是在时时处处都发生着能量与信息的转换的，是有"场"的。这个场是心物两条平行线之间的张力，太远了太近了都没有了。这个场无以名，名之曰道。

美学是意淫，科学是盗取。科学这抽水机从世界里能够吸取任何东西，就是吸不了道，尽管可以按照道、合乎道地去吸。若能物与道合、心与道合，就不会有世界大战、环境危机了，就没有无时无处不在的误解了。道与心恰如同一条河之两岸，所夹成的河流是生活本身（遗忘了叫忘川）。强调天人合一、道心一体，是来自人的自我标榜，作为努力方向其诚可嘉，若认为是可能的事实，就一厢情愿了。其实：

道廓然自足，心捉襟见肘。

道不仁不暴，心孜孜以求。

道默然自在，心谈空说有。

道永恒不迁，心易放难收。

心只能在自己的能力范围内求一点"有为"的感觉，如对"见月"绝望之后，在月的光晕中寻求美，让美成为心与道的交集，在这里找到一点自由翱翔的空间。心不能忘乎所以。不能忘记，这美是多么有限，它的背景是存在的深渊，"待燃犀下看，凭栏却怕，风雷怒，鱼龙惨"（辛弃疾）。意淫是对平行线的尊重。

平行

林中树是平行的，如果不平行绞在一起，偶尔两三对是风景，都那样就会互相绞杀而偃倒。铁路的轨道不平行就车毁路亡。扳道工是一种决定道路和路线的神圣的工作，电梯操作员就没有这么隆盛。爱情本该是平行线，像《致橡树》所描绘的那样，一旦成了交叉线，就变成了精神虐待的婚姻。职场中、社会里人与人之间也该是平行线，人们非要弄成圈子，在享受圈子的福利时也把自己变成了栏中物。

地球上的人们如果像森林中的树，会抱怨孤独、孤单，如果互相绞缠又出现残忍、残酷，怎样不即不离地相望相守。像河的岸、像铁轨的两股、像等距离的电线杆，夹成河流、载浮火车、传输电流？政治家别扳错道岔，科学家别搭错线图，艺术家别破坏等距离的向心力，无论是拉远还是拉近，都别"一迷儿自逞胸臆"。胡兰成与张爱玲定的"永世安好"没过了几年。

梦的魅就在于没有变成现实。秩序派思想家令人尊敬因为他们的理想国没有变成帝国，真实的帝国都会破坏平行线般的相互依存的秩序。贪婪的人结成帝国其贪婪会核聚变，非要把便宜占完。战争是人类最大的交叉线。交叉是交流的一种。平行线的交流是危害最小的，因为平行能够保护、延展平衡，一如河岸、路轨。

其实若说有道，道在这离心而向心的关系之间，如同时间在生命之间。要说有道，道就是这个"间"。平衡之所以是机体和谐的基础，就在于建立了、保有着"间性"。沿用金岳霖的术语道是式与能之间的间性，沿用熊十力的术语道是翕与辟之间的间性（体与用之间的间性）。间性就是"无极而太极"的而所指涉的那个场域、那个相对相关的地带。平行线最能拉长两根线之间的场域、地带，也就是说平行线是间性最大的关系。

平行线原理是自由、平等、民主、机会、和谐的"道基"。许多问题承认了平行线的间性是必须尊重的"道"就可以想得开、就可能想得对些了。

意淫对角线

这个世界最可怕的是每个人都有自己的理由，这个世界最基本的是每个人都有自己的理由，并且都活在自己的理由中，而且每个人都爱自己想咋样就咋样。谁都能够不顾后果地任性一两下，谁能持续永久的如此？

于是，有规矩出焉，有博弈行焉，有归纳出平行四边形的对角线的，有找"长程合理性"的，也有打乱仗的。

规矩是秩序，是约束，是限制。常说游戏规则，是说没有规则无法游戏。博弈是对策，是三方互动的选择。人与人之间都是博弈关系，因为人与人都是平行线。能凑到一起的是向背一体的"冤家"（并行不悖的悖论），最极端的博弈无效关系是《秃头歌女》之四十年夫妻彼此不识；最极端的悖论模型是《等待戈多》中戈多没有来，等待本身成了戈多；人群于是成了森林里的树，那是平行线构成的矩阵，于是有人命名为《重庆森林》。

对角线说的是各种力量的折合，没有一头独大，只有折合出个平衡，恩格斯用平行四边形的对角线来描述历史的合力，这个合力就相当于"合理"了。人们口口声声的道的基本义就是个合理，不以哪一个人的理由为标准的合理，能够做成事情的道理。这种人间世的道，是一种关系的张力和场量，人们揣摩的那个天人合一、情景合一"合"出来的那个意思就是其文学表达式。数学表达式便是对角线。

对角线的基础是平行线。有平行线就有悖论，平行线使自相矛盾的等价式能够等得起来。有平行线就需要博弈，现代社会人与人之间的实际状况更像并排的电梯及其里面的人，平行线的上上下下，各奔前程。除非进入墓地之平行线的定格，这些"线"们总会相交、搅绕的。打乱仗太原始了，太后现代了，还是彼此尊重一些，有点距离有点张力。于是，有了"己所不欲勿施于人"的移情，也有了万物一体的移情。

移情是两条平行线之间的互相体认。移情是时间空间化、空间时间化得以实现的人性基础，移情的极致是意淫。

欲望

欲望是生命的基元，是人类最为绵延的长风，许多主义、学说、理论随风而逝，而欲望却与单个的、总类的人永世共存。后现代把什么什么都"后"了，就是没有办法"后"欲望。

欲望又乱窜于知情意之中。单是欲望没有多么复杂难明，一种欲望凝成的观念或意志，也很少自相矛盾，问题在于当两种以上的欲望、当欲望与知、情、意搅拌在一起，就自己也不知道自己是咋回事了。欲望被欲望化了的理由武装了以后，就刀枪不入、油盐难浸了。

欲望被各种生命哲学和越来越现代化的生活方式"命名"为生命的唯一了。正是欲望让每个人都有了自己的理由。这带来一个双重后果：这个世界真正危险的是每个人都有自己的理由，每个人的理由都是自己欲望的理由化。欲望是本能的"物质"的，但一变成理由就语言化了，一语言化就人类通用，就"理性"了。语言在这里不是中介，不是外在的，只是欲望的一种表达方式。它与欲望是一体的，是同类的早先欲望的凝结，于是有了语言的介入，欲望理由化之理性就成了主宰。每个人都要用理性来解释、安排他面对的"因果关系"。

检验真理的标准是什么可以说不知道，但肯定不是当事人的欲望，这是可以知道的。直觉主义的陷阱在于直觉是否完全欲望化的。欲望是唯意志主义的根本。唯意志主义可以走向信仰。所有的信仰都是在用类本能代替本能。欲望的内容不同，从而满足方式也不同。自我的主体是欲望。欲望的品质决定个性的内容。

所有的教化都想给欲望一个根本改变。道德欲用众人的欲望控制个人的欲望，宗教欲用类本能代替本能，艺术欲在宣泄欲望时引导欲望。就像仁者可以对人仁不能必然使人仁一样，什么力量能够改变欲望？大约在欲望的旋涡里，只有哪一种欲望更迫切、更强蛮、更要命而已。后现代一路解构下来，本能造了罗格斯的反。欲望解放了，人也自由了，解放了自由了之"后"呢？也没看出好了多少罢。

欲望是不接受任何理论的，也许能接受一点迎合它们欲求的浅薄说词，欲望能使基督教、佛教一筹莫展，更别说哲学、文学了，除非哲学、文学为它提供表达式，否则欲望会对任何学或说喊道：什么东西，跟我有什么关系？

情·智

章太炎先生初识苏曼殊，即洞若观火，专门劝告他说："以情入道，自古多有。但情之为物，有如天上白云，飘忽万状，是一种极不稳定的东西。用情有善与不善之分。善用情者，心调理顺；不善用者，必为所累。我明知这些话说也无用，不过愿奉赠予你，望再思。"据记载，曼殊大师闻听此语，当即哭不能禁。然而……然后，太炎，还是太炎；曼殊，依然曼殊。

一代情僧苏曼殊是大智，他的智商和成就令人羡慕。不能说他因傻而痴情，他有贪多的多情，更有谈情说爱时的深情，也有与女友分手的薄情。显然不能说情是非理性，无情是理性（智）。无情和情一样，若说是非理性就都是非理性。情之有无是个情之多少、怎样排列组合的问题。情之线条色彩如同染色体有着"即一即异"的无穷的组合。自私可以走向无情的极致，大公也可以走向无情的极致。最常见的无情不是杀人，而是见死不用自己多么勇为也不救。

佛教讲性智、量智。人们常说的知识、智慧是量智。性智是自性的觉悟力，明心见性才会有智力。禅宗和阳明学说的心就是这性智。兹就常识言：道理、德能、智力，三者是互动合成的。用理来延展道是最好不过的，百姓看不见道，可以认同理。尽管道不变，理常变，通过理认信道还是通衢。德是历史性的，把道冠在德上是人的策略。智从道来，智可以完善德以合道，譬如艺术对人类的塑造。然而有德才有能量，能量比能力多出的是"势"，这个势非德不足以形成。道是式、德是势。德产生能量的道理在于共鸣、共鸣来源于公共记忆。公共记忆的抽象也就是代代人能够发现感知的"式"了。

无智则无力。因为无智则不能明理、不能尚德，只有诡诈的能力，不会立于不败之地。

智慧的根在哪里？又是如何修得的呢？根在是否契合道，何以修的总汇是"修心"。修心岂易言哉！简说"思维修"。最高的思维修在宗教哲学，譬如号称佛经中的经中经、典中典的《金刚经》，它发现人的身体是人的终极地狱。《六祖坛经》发现语言（概念）是人的另一终极地狱。所有的功夫训练就是为了从地狱中脱身。肉身沉重因为它是欲望集装箱。语言陷人因为它不是人的工具，它是人的存在本身。美文学之思维修则是旨在发现：存在的被遗忘、愚蠢、媚俗、悖论、转换生成语法、辩证法、交往理性、判断力、通向奴役或自由之路等。总之是有信仰的智慧观、想建立的是寻找无限的智慧，而不是中国式的"权宜之计"的聪明。许多中国人的目标是"现场发挥"得好，也因此而总在此场进入不了彼（岸）场，从而让鲁迅浩叹"独时光的流逝与中国无涉"。

哲学使人明白，美学使人糊涂。难得糊涂是说美是难的。

第四章　创伤

创伤

创伤变成了暗伤的心理痛点，是自我形成的契机、基地，是文学艺术的根须。所有的悲剧引发共鸣、净化灵魂都是在淘洗痛点。创伤寄寓于记忆的柔软地带。对待创伤的态度、能力形成一个人的个性。陀思妥耶夫斯基是挥霍创伤的小说家，曹雪芹是超越创伤的小说家，尼采、福柯是寻找创伤的哲学家，茨威格是发现创伤的作家。庸人譬如阿Q是转化创伤的幸福专家，因为他能够创而不伤。

宗教是人类的创伤体系。

脾气

脾气是生命的"相"，是内化到人最根上的天性，是尼采费尽毕生之力鼓吹的生命意志，它以本能为依托，以心思现量为半径沟通形而上、理性、良心等。譬如，不同脾气对良心的领取就迥然不同；对理性的领取也因脾气不同而使理性异彩纷呈；好像是万法归一的形而上，其实也因人殊意异的脾气而各人供奉自己的上帝、佛祖。人人活的都是自己的脾气，幸福就是脾气的实现满足度。

但它与性格略有不同，性格是自己的追求体系，脾气未必凸显追求，它的主要特征是反应，一个人的反应有了模式，有了条件反射一般的联动反应，就是他的脾气了。反应决定情节的发展，于是，脾气是一个人的生存空间，是一个人的机会系数。它是一个人自足配置的演算器，包括算法、进位制，到最后勾勒完成自己的命运图谱。

素质的核心"技术"是脾气。人们都着眼素质的能力层面，其实能力是智力与脾气的折合、化合，智力因素是基本的不是根本的。譬如进入已"都不傻"的圈层，决定性因素看脾气。而且，脾气决定一个人的"学习"质量，从兴趣取向、敏感区域、努力程度到应对顺逆状态的效果一决于脾气，可以说脾气是一个人全方位扩大再生产的初始条件、持续支持系统。所谓核心技术云云，即脾气是一个人的感应器，是一个人的反应模式，是一个人条件反射的机制。

生存空间是生命气息的幅度。生命气息，根在脾气：俗话说，不为仨不为俩，就是这德性。孔子的脾气是很讲究、孟子的脾气是见大人则藐之、庄子的脾气是要聪明而不糊涂。狗的脾气是狗改不了吃屎，即使如今的宠物狗无屎可吃了，但狗性还在。

混账

浅显的愚蠢是糊涂，努力糊涂使之深不可测了就混账。把糊涂刚愎自用地进行到底是"糊涂型"混账；把"英明"强施予人地进行到底是"极权型"混账。所有的宗教领袖及其经典都包含着

"蛮"，只说自己的理，《圣经》尚且不免，古老而新获流行的《韦达经》亦然。再英明强行推销其英明也混账，何况英明与否自评自认就是个混。

欲望和能力的不协调会有随机的临时性混账，譬如在躁急、愤激、嫉妒时失掉了明白的力量。还有来自天性的无条件的混账，无目的、无标准的、无限制的跟"正确"作对。混账者总是一脑门子官司，总有夹七夹八的理由，几乎是专拣错药吃，自己挖坑自己跳，或者给不该埋的人准备坑，还抱怨显摆挖坑这活儿太累。混账者显然是在大张旗鼓地误解着自己和这个世界，混其实混在坚信自己的解最正确，别人告诉那是误解，他反而认为别人糊涂并且软弱。误解的人与事林林总总，无论是贪婪于自以为是还是躲避惩罚，以及对这双重的不明不白的理由化，到头来都是个混账。

善良的人易糊涂，坚强的人爱混账。混账的人意志最坚强，尽管坚强的结果是把自己坑了。混账人抱怨终身却从不言败，他们有着奇特的归因与推论。他们那权力意志主义、唯意志论使他们绝不屈服，从而一辈子无数次走进同一条河流，可以翻脸不认人，却总无事生非地乱折腾在老路上。

只占便宜不吃亏，只看到这回看不到下回的是傻奸傻奸的混账，其中娇气又求全的（既要——又要；既不——又不）混账主，是地球只围自己转的。你再不爱我也不能离开我，因为我爱你；你对我好了前半辈子，就得再好后半辈子；我不要你这样，你就不能这样；这种种自私的混账，都是操持片面道理、片面道德的混账。搬个箱子两块钱，不搬了还要两块钱，鲁迅赞扬的这种青皮精神，是耍赖式的牛二型混账。鲁迅在前柏杨在后赠送了祖传老店一比喻：

酱缸。其实酱缸之所以是酱缸是因为它混账。体育竞赛式的规则残酷但不混账，而一些无规则、潜规则则充满混账。

无论有无强权，人人评判混账与否的标准都可能是：同我意者不混账，不同我意者自然混账。受限制的灵魂无论实施者还是评判者都是受限制的，逻辑上人人都可能是混账的。

交往理性、对话理论、博弈思维，都是对理性人有效的，对于非理性的来说只是个聒噪。混账是非逻辑的，尽管混账者都有自己独特的逻辑系统。混账者可能疯狂，但不是福柯说了许多好话的那种疯狂，毋宁说那种疯狂挑战的正是混账。爱因斯坦所说的沉闷的令人窒息的日常生活正因为它混账。艾略特《荒原》长诗四次喊出"泥淖"，也是被混账憋的。

混账的反义词是得体。除了信徒觉得与绝对者一起了可以叫得体，不知道还有什么"体"。而理性人的得体，就是个相对相关的合适，真理也是与时俱进的。而信徒觉得这种真理就是个混账。

上山擒虎易，消灭混账难。虎已经被人擒绝了，人之混账变得更嚣张了。论混账，人这个类就混账。凌驾于单个人之上并孳生其中的、看不见却试得着的混账，是命运。一是无常，挑战着道理；二是作弄，赢输变幻巧难窥。当人们浩叹造化弄人、八字不好、英雄失手时就是在说：论混账，命运最混账。

不信命的人却更混账：大到人定胜天之学说杀人，小到弄险成灾之愚而诈的种种伎俩。混，是人类之历史、现状和将来的总"账"。

混账话

贾政整天骂宝玉混账，宝玉夸林妹妹不说混账话，而林妹妹心里却觉得宝玉有时混账。宝玉的混账在贾政那里是不好好地念书，在黛玉那里是见一个爱一个。不合己意，又爱莫能改之，便把对方那份"不明白"标识为混账。混账的人从来不说自己混账，自己混账却硬说别人混账也是有的。因此，混账问题是自评、他评都做不了准的，本身就是个混账。

宝钗在合府上下被公认最懂事，然而宝玉却嫌她说混账话。宝玉没有也不敢说出来过，只要与他标准一致就会觉得：老爷天天说着宝姐姐那种混账话。宝玉何尝不觉得林妹妹小不如意就发脾气，尤其总拿自己的身子赌气是混账？不然，二人何至于吵了那么多架。贾母最后不疼黛玉了，那帮奴才却是明白老太太嫌她混账了。主子骂奴才的常用语就是：混账，混账东西。奴才嘴上说主子圣明，心里多半回应着：我那糊涂爷。

宝玉不想当官，他当不了也不适合当官，因为他真民主、真平等、真自由。在"话语""话语权"的背后是人的心识现量、类的意识形态，变动不居永远有的说的解释学。

一部人类历史何尝不是一部混账资料长编？因了宗教、利益、种族仇恨的战争可谓大混账。如宫廷政变、刑事犯罪、电视剧一样的爱恨情仇，则是天天如此的无常当中的常规混账。小写的文字的文化思想"史"，公理婆理、西洋东洋、前人后人，除了自说自话就是我是你非，呜呜咋咋，刺刺不休，局外人看着当然是部糊涂账。

混账两大要素：乱、蛮。乱：不得要领、门不清、自相矛盾、倒打一耙、胡搅蛮缠；蛮：一根筋、一头劲、无论如何也要强加于人。

废名与熊十力一起研习佛学，虽然投契，却也常常大吵，旁人听见他们各自都在说自己就是佛祖。听的人及再听到的人都只能匿笑：连佛祖本人都一再告诫学佛的不要把我当偶像，别人谁以佛祖自居不混账？

人们单把古希腊之奥革阿斯的牛圈解释为欲望是不到位的，它直陈着人类自产自销的混账本质，每个人都对这个牛圈贡献着自己的力量，这力量之一就是抱怨它是牛圈。这抱怨是种排泄，一如我这篇短文。

怕与偷

"偷得浮生半日闲"，是赚得了清闲这种便宜的意思。人人无论干什么都希望以最小的投入赢得最大的产出，都想活得"赚"，赚什么？赚到便宜。怕什么？怕失去不想失去的，怕得到不想得到的。偷呢？是赚的一种。而且，著名的偷着不如偷不着，揭示的是人赚便宜没够又到手成空的天性。喜新厌旧只有在美学上是受鼓励的。偷，用于"学习"的时候是体面的；怕，用于"尊重"的时候是高尚的。

便宜二字虽然轻巧却是人生的重头戏，是评判是非的法官、定夺去就取予的宗教裁判所、衡量得失的秤杆子。扩散到"便宜行事""便宜说法"，延伸到"权宜之计"等。赚便宜、行权宜，一边联系着偷，一边联系着怕。权宜之计，是不特别理想但还合情理的有点妥协的折中策略。折中与中道、权宜与通权达变的差别约略相当于乡愿与中庸的差别。这个差别的要义在于前者因怕而偷，后者保持着理想坚守着尊严。权宜为了便宜，通权达变为了最终的合理而且包含着满足道义。

偷者，捣鬼也。不愿意面对、担当，又想得到的所有的设计、行为都有"偷"的意味。偷，躲避着怕，追求着白得。包括"当面说好话背后下毒手"既有偷袭的意思也有想赚一定人情的意思。偷，是想白赚、干挣不赔，是利益最大化的极致，是伪装又躲避不良后果的抢劫。揩油之偷是中饱私囊之中饱。偷的"心之理"是又怕又不怕。不怕就明抢了，太怕就不偷了。偷的心理美学极致是偷生：失去自我失去自尊失去根本却有所赚，《四郎探母》是这种模式的表征。偷生也是生活在别处，这个别处的底囊是"不真"。所有的兵法就是讲究一个偷袭成功，但这就不叫偷了，叫出奇制胜。因为，此处的偷不再是"诚"的反义词，而是"诚"本身了，如同欺骗敌人不叫欺骗叫谋略叫有本事。

"害"怕，是怕"害"。趋利避害是自然人性，于是有追求自己永远合适的滑头来想占尽便宜了。所谓的"滑头"不是偷心就是偷气。当面偷心，背后笑是偷巧。投机取巧，投机取巧，"偷"已经是"投"了。从"苟化偷生"可以明白人要"大声活着"需要怎样的不准备"偷着""躲着"的"赚"了啊。

于是，思想家和统治者都要启动各色的"怕"。譬如孔子之三畏，基督教说敬畏。宗教的统治欲是天然的，追求教化作用的思想家的统治欲也是天然的。

爱、偷需要意志力量，那么怕呢？让你怕是让你的意志受到束缚，但怕本身是种意志能量，还是意志无能量呢？阿伦特说"力量是意志的起源"。害怕了，显然是力量、能量不够了。但也不全是简单的意志无能。怕，总是多出了些什么，譬如多情、多虑、多欲、多闻、多心等。意志无能未必不好，贾宝玉比贾琏、西门庆意志无能，但比他们高级。

多出来而没有多下去就会怕。有怕出来的自由么？有，譬如宗教。让人怕死，怕作孽，怕出了不做什么的消极自由，宗教又最反自由。关键还是"度"，自由恰在合理的"度"中，这就是平衡的道理。

自伤

资源自由合理配置在资本上也许可能，在性情上是不可能的，于是各种类型的自伤便像呼吸一样不可避免了。自伤终身者就是害完了自己。可以断言，我们已无法得知的许多埋没了的天才，都经历了处境转变成心境的过程，这个过程便是广义的自伤。

自伤的大宗是情感和文化给其主人的压抑。因情自戕者是自伤的极致；因文化自虐自闭者是文人的孽缘，屈原二者兼之遂不得不死。文化不能化人的时候就反刃自伤了。文人颓废得理直气壮的理就是那点不能化的文。看不见的慢性自杀是自伤的真义。

自己挖坑自己跳——陷阱自备，是欲望主体的宿命，无论是人还是飞禽走兽概莫能外，这不是典型的自伤。自伤的家常态是自虐：自己和自己过不去的样式千奇百怪，不想好的、不把事情和别人往好处想，不沉湎于苦恼就空虚是最常规的模式。享受虐待，寻找沉重，憋屈生产窝囊，窝囊扩张消沉，消沉孵化颓废，颓废是向死神献媚，废得起也是"舞起来"了。恶之花、恶恶之花，别有一种自伤出来的妩媚。看懂了，就知道大诗人都有自伤的意欲，拜伦、雪莱，当然更别说真歌颂死亡的济慈和假向往死亡的华茨华斯了。

根据内因是变化的根据的原理，伤害都是通过内因的。内在性是个说不清绕不开的坎。意欲摆脱自伤而豪迈，其实任何豪迈都包含着相当的自虐。二百五是对自己降格使用的意思。

疲倦

疲倦，不是厌倦，厌是满足，因满足而倦怠，是富人的事情。疲倦，则是劳人的事情。疲了，软了，废了，生命的意欲能量消歇、困顿了。努力落了空、希望拔了灯、信仰上了当、爱情受了伤，未必都得自杀或杀人，只得疲软了事、倦怠作罢：

苦熬岁月偶尔晒晒太阳，

完不成的事情不敢承当，

无能不说无能却说不想。

疲倦就是累了还歇不成，认了但结不了账，不想干了还得撑着。常说的"活得累不累"刻画的就是"疲倦状"。疲倦的原因大于疲倦：生命力低下就疲倦，意志无能就疲倦，欲望不强就疲倦。没有兴趣了就疲倦，没有追求了就疲倦，没有奔头就疲倦，太明智了易疲倦，看得太透了易疲倦。悲观者自然常疲倦，因为疲倦是死本能的发用、是死神的使者。疲倦是迷惘、无望、沮丧、荒凉、漂泊等之于身体的回响。

疲倦的后果却能一语说尽：疲倦了就苟化了，就认了，就爱咋咋的随便吧。疲倦了容易上当受骗、步入歧途，因为疲倦者想抄近路了。捷径是有的，但疲倦者很难找到，就像守株待兔一样概率低。

人是容易疲倦的，怕这怕那的算了，还得这还得那的有啥用呢，翻山过梁的还看不着要去的地儿歇了吧。

疲倦是存在状态之一种，与无聊一样，根在主体，不在客体。

自己打倒自己的途径之一是疲倦。

反应

宇宙中的一切都处在反应中，生态问题就是个反应问题。星际之间、昆虫之间、地球之上、梵天之内，所有的物理化学反应和灵异心神感应都是反应。

一个人的性格就是一个人的反应模式，一个民族的传统就是其相沿成习的反应模式。文化的内核是反应方式，譬如面对西方的入境，中国是危机感，印度是超然感。一个人、一个民族的能力关键是反应能力。一个人、一个民族的品质尽显于反应之中，所有的哲学都是在主张应该如此反应。语言是反应出来的，语言学是研究人的思维表达之反应的。修辞学是说话反应学，兵法是对抗反应法，拳术是肢体反应术。中国哲学强调有变必应，中国人讲究有应必变。

所有的宗教、哲学、艺术、史学都是不同的反应模式，乃至于到了后现代，宗教成了消遣，哲学成了借口，艺术成了宣泄，史学成了游戏。

基督教的反应模式是"顺从"，却保住了个性；佛教的反应模式是"超脱"，却保住了心性。

人类最大的反应活剧过去是战争，现在是经济全球化，最小的反应是个人的"受想行识"。

所有的生灵都处在反应中，所有的心灵都在反应中，重要的是反应而不是反映。过去唯物主义强调反映是为了突出客观的势力，这也是一种反应模式：客观决定主观、存在决定意识、客观规律决定成败等。

万法唯心、万法唯识强调的是反应，心的反应、识的作用。所谓真理、真相、真心都只能从反应中求之，没有一个呆定的真在那里等待人们光顾垂青。

接受、学习是反应，恐惧、抗拒也是反应。但是学习之反应容易形成面具，抗拒则不易形成面具（参看"面具"条）。然而，反抗往往是别样的合伙经营。

心灵情绪的反应既可能聚变也可能裂变，因此人及人间世才有了那么多测不准。

疏忽

疏忽是缺乏反应，是该有而没能有的那种反应不对，或者说反应不对当中疏忽最可惜可恼。因为，不疏忽，明明可以有所得。学习的时候疏忽会丢失重要的东西，定作战计划时疏忽会送掉许多人的性命。

有漫不经心的疏忽：压根没有这样挖空心思地想；有处心积虑的没有想到：百密一疏。

疏忽的反义词是过敏，过敏比疏忽更毁人，尤其是自己。

双重性

双重性不是一分为二的那个一方面另一方面，也不是一阴一阳之谓道之负阴抱阳，当然肯定更不是那个简单的自相矛盾。有点接近自相矛盾等价式（悖论）的意思，却不是平面的、静态的。有点像滑了扣的螺丝，每次都在转却无效果。

用德勒兹的话说：双重性是"差异的重复"、是"我在自我中找到他者"。不是弥缝，而是钩破之缝。弥缝是两面派，钩破是双重性。而且在自我中找到他者是双重性，在他者中找到自我叫认同。

落实到人格上恐怕可以说双重性是奴性与背叛性的综合征。

有人利用双重性，如辩证法高手、维持会中人；有人受制于双重性，如夹缝中人；有人天生担负着双重性，左支右绌。

第五章　之间

飞扬

飞扬是一种态，像云的流走、霞光的喷薄、花香的氤氲，这种态是天成无心的，一起便无着落的自然自在。人，能否飞扬，在于它的势、能、场，如登泰山小天下的凌云意、十年寒窗后状元及第的风发气。感受的滑翔与灵魂的飞扬，貌似神异。生活在充替中的当代人基本上是用滑翔代飞扬。

飞扬是灵魂的本性，是灵魂的意向。灵魂也不自行飞扬，灵魂是个有待的东西，不能无待，无待的只有无待本身。灵魂到底是靠着肉身飞扬还是背弃了肉身才能飞扬？也许是踩着肉身发了力、在那种张力中飞扬。飞扬所做的一切努力就是拉升灵与肉的距离，在距离的张力中以阴阳转化出来的能量继续飞、扬。能显示这种张力的形象的浮士德有两种意念在他内心中搏斗："一个要执拗地守着尘世，沉溺在迷离的爱欲之中；另一个要猛烈地离开凡尘，向一个崇高的境界飞驰。"当浮士德喊出"你真美啊，请你停一停"时，话音一落，向后倒下。飞扬是不能停的。

所有艺术都是在制造这种张力以使灵魂飞扬，如音乐、绘画、诗歌；所有的极致思考也使灵魂飞扬，像哲学、史学、科学；所有情感亦如此，忘我的笑是飞扬，哭到忘我也飞扬，忘是踩着我出离了我。各种精神形式（包括音乐或哲学之类的文体类型）与其内容之间的张力形成一个"第三者"，这个"三"就是阴阳之间之上的"太极"，它的态就是飞扬。飞扬不起来，要么是没有灵魂、肉身没了拉力，要么是水准不够，不算真艺术、真思考、真用情。宗教是刀走偏锋的精神形式，它只要灵魂飞扬。基督教让人一出生就带着原罪落地，然后给了你一个至高的空间，你来天堂就得飞、扬。

　　故意追求飞扬就得在飞起来前先消化那个故意。执着落了"我执"，因为渴望飞扬是一种欲，这故意的欲还是属于人类无止境欲望中最难实现又必然追求的那一种，这是飞扬的尴尬。苏轼担心飞扬的结果是"高处不胜寒"，李商隐同情偷了丹药的嫦娥那"碧海青天夜夜心"，这是飞扬的痛，近似于漂泊。漂泊是飞扬的次等现象。中国文人的心思现量总是心比天高，无奈后面缀的是命比纸薄。因为他们心有牵念，这牵念包孕了飞扬的痛，无牵念的飞扬须无情。尼采够狠，借火神教主的口喊：上帝死了，尼采去哪里飞扬呢，只能从一个国家的旅馆漂泊到另一个国家的旅馆，"像一缕青烟，把寒冷的天空追求"。奥涅尔的《天边外》幻想着地平线之外的世界多么的激动人心，然而回来的人说，大海叫人恶心。人和所有的走兽都想飞，但只能跳跃、坠落，在凌空离地的瞬间，感觉到了飞。鸡飞狗跳与龙飞凤舞还真就不一样。滑雪、滑冰、滑板，都是飞的"充替"（充当代替）。

　　向上飞者寡，向下坠者众。倒立起来，大头向下坠落，最好是无底深渊，只要不落地，也是在感受飞扬。人们习惯用放纵欲望来概括这坠落。在传统质的伦理学谱中，欲望名声不佳；在现代量的伦理学、境遇伦理学里，欲望的声誉有所翻盘。"科学"地看，欲望本身无所谓善恶，它只是能量。善恶来自外在的坐标对其内容的考量。飞扬可能是恶的，窝囊可能是善的。但飞扬是美的，窝囊是丑的。飞扬是唯美的，唯美就是超善恶，唯美就得超善恶。

因此，飞扬的美再次验证了"美是难的"。难，难在克服邪和恶，以及生命之轻。飞扬，不是柳絮杨花的随风飘转，不是飞沙走石黄尘舞蹈。飞扬是历尽千难万险之关山飞度。横刀立马是飞扬，真打仗时是要匍匐前进的。轻率的飞扬是缺魂、是盲人骑瞎马、是不懂得珍惜、是不知敬畏、是无知的嚣张的混不吝。李逵杀人的动作很飞扬，但排头砍去却是恶。更难的是，明知道是在飞向大道、飞向幸福、飞向成功，但就得要迁就、姑息、延宕、忍受、接受，把别人的幸福建立在自己的痛苦上。没有翅膀便仰仗心有灵犀，这只能造就美学不能产生唯美的飞扬，岳飞引颈就戮成就了美文学的忠义千秋。史书上满坑满谷的飞不起来的"扬"——执拗的嚣张，如涉血前行的麦克白，如伏诛以前的刘瑾，他们临死前也未必觉得自己的跋扈飞扬是恶。有的执拗是爱好，未必恶，如罗马的城垣倒塌，就让它倒塌吧，罗慕路斯大帝照样喂鸡，朱由校照样做他的木匠活。他们专心致志、"美不滋滋"的时候，心情都是上扬的，这份上扬也算小局面飞扬罢。

怎样才能飞扬？无挂碍、无牵念、无耻，可以；大爱、大情、大义，更可以。飞扬是超越，超越要力量，这个力量可以是善良、智慧、勇气、功夫、野心、无所畏惧等。但最高尚而美丽的飞扬是尚情无我、有情觉悟之有能力、经验完美的飞扬。如大侠的侠骨柔情、观音的倒坐南海、地藏菩萨的下地狱；释迦牟尼天下地上唯我独尊是飞扬，耶稣钉在十字架上没有飞扬，他那种表情窝囊得我们不敢视之为窝囊。

超越不了善恶就不可能有人世的飞扬。尼采的《超善恶》病在善恶中，能够超了，就不说了，就不想了，像福柯那样，飞向太阳，飞到太阳，找死，也找到了。飞扬的要素是忘我，如北冥鲲之化鹏而飞，是到了该飞的时候了。夕阳西下，良辰将尽，涅瓦河上的猫头鹰顺着苏格拉底的目光，飞向天际。柏拉图的洞喻揭示了想象力是飞扬的翅膀也是飞扬的阻力。

与飞扬相反是"内捲"，高尚的内捲是重伦理，一般的内捲是懒惰萎缩、软弱无能、卑怯屈服、精明妥协，除了能力问题，内捲的心因主要是怕。这个怕的核心是被动的取消自己的意欲。修炼消意欲是主动的，修炼是"要"不是怕。另外，"怕老婆""怕群众""怕失败""怕死"不是一个怕，但只要有怕就不能飞扬。圆滑游世、豪迈欺世，都包含着怕都不足以称为飞扬。上穷碧落、下极黄泉，能自由脱离旧轨道，向上向下也就不重要了，但能否算飞扬还要看其是"有为""无为"及"有为"的内容和精神质量。

怎样才能不怕呢？飞扬起来就不怕了。这貌似是诡辩循环，其实不是，有点力就超越，超越成了习惯，且飞且扬就终能飞扬起来了。有人说过，顿悟如不随以渐悟，会是顿迷。同样的道理，总是渐悟没有顿悟，可能不是悟，而是误。力气是需要积累的。文史哲、音体美诸种修炼就是积累。人，是能够发现日积月累的意义的。当然，积累的可能是不飞扬，尤其是没有体制变革的积累，如同终无豁然开朗之顿悟的渐悟，其渐贱矣。

之间

传统中国书画，重于用纯色，特别是玄之又玄的黑色。文字黑色着于白纸之上，构成了黑白之间的意义世界。如果黑色着于别的颜色的纸张上或白纸上用了彩色，便建立了迥然不同的意味。白纸黑字是二，它们合成出来的"三"是"间性"的果实。构成间性的精神因，还不全在材料，更在于"作者"，在于作者与纸墨这个"二"之间。其实是黑色"怎样"加到白纸上的那个"怎样"是"三"的成因。这个"怎样"出现于人、墨、纸之间，间性既在纸墨之间也在人与这个之间的之间。

自然，西洋画也构成其意义世界，也是由于其作者、彩色、画布之间"怎样"出来的。

看与被看之间。展子虔的设色山水、李思训父子的金碧山水，虽"自为一家"，但并不为董其昌等人称道，入不了"逸"品。以至于需掌握几何知识而作的界画，成了大家所不屑的小技。所以，清人初见西洋画，不管是鲁本斯的斑斓，还是伦勃朗的精确，惊叹过后自然而然地不以为然了。同样，中国画至今在许多西洋人眼里也是"容易弄出来"的东西，无法与他们那大块油彩的"感觉"争高下。感觉，本身就是个"意向性"问题了。意向性，是间性的意识机制。

譬如，欣赏中国画，如不能澄明无我，没有内心干净的丰富，也不能还原水墨乾坤为大千世界。中国画的艺术理想首推王维的泼墨山水，诗情画意，直指人心，墨色纯而又纯，近于无色，而这无色又包含着光谱里所有的颜色。需要毕加索那样的见性"眼"才能看懂齐白石的鱼、虾。人心本似这多棱镜，自有分辨色差的慧根，只是若染了些他物就成了滤光镜，这也就朱者见赤，墨者见黑。其实，墨是分五色的，而且有了不同比例的水的掺入，墨色自然也灵动起来。浓时不化，可出山雨欲来时的摧城墨云；淡时似无，微见不着边际的一丝一缕。

浓淡之间。中国传统艺术对于轻灵，淡泊地向往一时一刻未曾停过，不管底色怎样，向上的不可企及的高度在"淡"，如嵇康的琴、王羲之的字、摩诘的诗、东坡的词。正因为有了这种"淡"，才能不纠缠与世，灵魂中才能有飞升的力量将人拔起，流连不滞。若执着于"浓"，一如赋家作赋，浓墨重彩，雕缋满眼，到头来不是被讥为类书就是自认小技。当然，也不能一味求淡，若故意如此，就是扯淡了。另外，用那悟不了的机锋、参不透的义理，强拿来入诗，便寡然无味、味同嚼蜡。追求弦外之音、味外之旨的中国文人，懂得绚烂之极归于平淡，懂得阴阳合和，掌握浓淡的转承，才既有"错采镂金"的炫目夺彩，又有"芙蓉出水"的清新隽永。这才如美人初妆，浓淡相宜。

痕迹

就像妩媚是一种生命的轻一样，痕迹是一种重。相对于颐和园的完整明媚，圆明园那断壁残垣才叫痕迹。圆明园被现代化地修复后，也许什么都有了，只是会遮蔽了"痕迹"给人的震撼。大江东流去，青山遮不住，千万年来留下了两岸数不清、道不明的"痕迹"。就像美总是现实中的失败转化成的精神胜利，痕迹是抵抗遗忘的化石。它不再有任何实用价值，然而身上储存着"类"的生存密码，浓缩着失去的时间、变形的空间及那时空里的故事。它不是官版史书，只是历史的隐私。痕迹，是目送归鸿时非要去手挥琵琶的心理搔痕，也是那情景中琵琶发出的音韵。痕迹，是普鲁斯特追忆逝水年华所要寻觅的东西，是塔可夫斯基雕刻时光所要建筑的东西。它，是本雅明非要拣的那种"垃圾"。

痕迹，是过去现在进行时，是回忆的触媒，是回忆本身，也是回忆的结晶。村上春树说，回忆会从内侧温暖你的身体，同时又从内侧剧烈切割你的身体（《海边的卡夫卡》）。这种温暖的切割，就是我要说的痕迹。他还说"你势必永远生活在自身的图书馆里"——这自身的图书馆，便是记忆，并未如烟的心理遗存，俗称痕迹。

痕迹，是无情世界的那点情。

痕迹举隅：

间性的痕。文字是声音的痕迹，诗歌是情感的痕迹，记忆是心路的痕迹。痕迹是间性的物化，因此痕迹也是解读间性的线索。大道是天人之际，小道是人与人之间。刻录"之间"的是"痕迹"。

道，在"之间"，之间是区以别之的对应的关系，如开、合，出、入；阴阳、呼吸、翕辟；转变、潜化、升迁，分中的合，就是"之间"，就是关系，道寓其间焉。简而言之，美是伤痕，丑是劣迹。

生命是时间性存在，活着就是时时刻刻在死亡。活人为了抵抗死亡用尽了浑身解数，谁都想留下自己的道道，作家作文、商人创业、农夫给儿孙盖下三间房——哪怕这些"道道"其实是天上下雨地下流，瞎子点灯白费油。那水沟、蜡泪，有了电灯以后不再用的煤油灯也是痕迹。

有些人会认同孔子临川的流逝感，生命的感伤与革命浪漫主义不是两股道上的火车么？正因为是两股道的合力才叫间性，才是构成艺术感染的张力。

遗存的迹。旧铁路的路基、闲置了的公路，总有着国破家亡的黍离之悲。保定城南二十年前还能看到一段当年的京广公路，人们已经把它叫作大坝。后来，大坝上荒草萋萋，再后来，被新路腰斩，被楼群覆盖，没人要的地段堆砌了很多的垃圾、杂物。像一个将军变成了看瓜老汉，而看瓜的窝棚又变成了路边行人大小便的地方。

一个个的时代就这样，就这样过去了。它们没有陆沉，它们融入了新格局中，像羊皮书上的搽痕。一代代在路上跑过的人呢？比路脆薄，几乎了然无痕地被替旧了，没有多余的感喟，因为谁都认为，就是这样啊，有啥好说的呢？是啊，有啥可说呢。

当然古希腊圣殿、中国故宫等遗存中的王者昭示只有痕迹才有的摩登和辉煌，并形击现代建筑构不成艺术的奥秘：它们漠视、放弃了"记忆功能"，等到它们"老了"也不会成为建筑记忆，因为它们没有那种配置。

新路来不及骄傲就又变成了搽痕，人们把搽得快叫进步大。地母除了偶尔震动两下子，抖落一点附着物，便天天如此的"圣默然"着。现代、后现代艺术就算有百般好，放弃对艺术之记忆功能的感应会自食其果。更何况本来就是实用的、实用至上的。

路对人来说，好像只有方便与否的利用价值，没有了"道"的内涵。现在的路，越来越像快速到达指定地点的军事设施，没有了景致的韵味、没有了乡愁，因为"图快"，不想让人记住。新式的高楼大厦再难有教堂、庙宇、宫殿那种建筑记忆品性，就势所必至、理固宜然了。

所有的痕迹都是生命的戳记：如初吻、奖状、讣告（最后一纸奖状）。但公章、履历、人事档案，就是不如个人的老照片或垂死老人枕边发黄了的书信更有痕迹的"气息"。因为痕迹说白了是命运的遗存，而"命运这东西类似不断改变前进方向的局部沙尘暴"（村上春树）。

巴黎公社墙，很矮，人情味浓郁，那上面的巴掌印记，是"命"。少林寺的塔林成了阵，不但不孤单，还像个社会了。其他的寺院往往只有一两个，或是开寺的，或是末代的主持——他们永垂是永垂着，朽也朽了，也许连名字也懒得有人去好奇了。谁都想留下自己存在的结晶，谁都想当塔尖，谁都向往雪爪鸿泥的意境，然而有多少纪念不是已然忘却了的纪念？

有人说，较之把自由搞到手，把自由的象征搞到手恐怕更为幸福。这是不是痕迹拜物教？

侯孝贤说："我喜欢的是时间与空间在当下的痕迹，而人在其中活动。我花大气力在追索这个痕迹，在捕捉人的姿态和神采，对我而言，这是影片最重要的部分。"（朱天文《来自远方的眼光》）

活性的路。村口的小路，总有几许期待、几许忧伤；通往小溪的路，有着水灵，也有着跟跄。路是人的痕迹，那小溪呢，那村庄背后的大山呢？它们是造化的痕迹。造化呢？是化的痕迹；化呢？是变得痕迹；变呢，是道的痕迹；道呢？有天道、地道、人道，还有X道。道之为物不可比方，就说说路罢。

人类留给地球的最大痕迹是道路。

道路像剖腹产的切口，地母已经遍体鳞伤。当然，还远远不够，人们已经逐日提升了剖切术，腹部割够了，去剃头、划腿，站在母亲的身上嚣张地挥洒着自己的体能，饿了、渴了，停下来，喝两口乳汁，然后，继续去切、割。

于是，地图得不断更新版本，以表现新的桥梁、隧道、航线、铁路、公路、高速路。

新路往往能并且要替代旧路，好像羊皮书上的历史书写，新痕覆盖旧痕。道路变成了地图，现代化大路通向全球化。

地图乍看像迷宫，终于会使用了，成了指南，可是忽然或稍微远一点看，又成了迷宫。人类在地球的痕迹面前就是这样失而复得、得而复失。现代社会之所以现代，一是越来越间接，二是越来越符号化。痕迹，是个符号帝国，内里的悲剧、喜剧、悲喜剧，与人渐行渐远，终于成了"间接"的搽痕。走路的人变成了们，有车族变成了新人类，全球化的人类变成了地图上附注的数据，没有了林中路和林中路里的人。

小路的人走不出去，小路也不上地图。

路合了道，才是血管，才是经络，背离了道，就成了腹部的刀痕、没有头发的垄沟。

那，何为道？没人知道，人能知道，就不再是道。但，道在那，天地人各有其道，天地人之"间"也有道。因为道没有痕迹，人们蔑视它，挑衅它，它一发威，就大痕大迹显焉。

地道发威了，人道彰显；人道张扬了，天道证验。这，地道不地道？很地道。天道无痕，地道有痕，人道有迹。回头看，因果昭然。当然，这因果也是人归纳的。人，是可以做任何归纳的。

道路变成地图，就是人的归纳。

废弃的旧路的苍凉，除了别的还因为上不了地图。

言为人伪

大美的反义词是人为为伪，其中最伪的是语言。当我们说语言是存在的家园时，是在说这个家园其实是个伪造的迷宫。语言，是人为的，是人孳生出来的，又反过来管束、范围了人的思维、表达。人生活在语言中，人的心理也只能用语言"形容"。但，语言之外是个啥样的世界？语言之上能不能建家园？牛人维特根斯坦也退却了：凡我们不能说的就该保持沉默。而魏晋以前的三流名士都在用语言超越语言，寻找言外之意，并不是寻找具体的语义，而是在寻找、建构大于语言、先于语言、高于语言的"玄"的世界及其意义。玄学想把"言"变成通往"道"的路。

然而，道无言。

人们都在找道说，都以为是在找道说。西方人也在寻找。胡塞尔的努力是让事物本身说话，海德格尔是让诗意实现道说。一个趋向客观，另一个拔高主观，都解决了一点问题，又不可能彻底解决，因为道无言、人有限、语言伪。如今，语言公然地合法地能够与经济一起生长地"伪"了，广告、传媒已经"伪"入骨髓，上不封顶的天天登峰造极着。他们还把这种"伪"命名为艺术。

笔记

鲁迅活着的时候就被尊为这个家那个家的，他爱听的只有一个"文体家"，他的杂感纵横捭阖、摇曳多姿，是把古老的笔记体换了白话文的新装。小品文，因此成为新文艺的重镇之一。笔记就是随感录，与西方人的随笔异曲同工。

笔记的优点是自由，可以随物赋形、不拘一格，从语体上保证了句句是干货。在中国人努力学习西方人造体系的时候，维特根斯坦却坚决写笔记，悔其少作几何体的《逻辑哲学论》限制了思维和表达。他也几次努力将笔记组织成体系之书，却终于不忍匡消每一则笔记的丰富内涵和多元指向，而使我们看到现在的《哲学研究》。培根、帕斯卡尔、卢梭等大人物都因其随笔而永生。不事体系的尼采更是写了一辈子笔记，并留下无法说清的笔记巨著《权力意志》。博尔赫斯的读书笔记《私人藏书》，能够适应任何人在任何情绪中阅读。

不敢想象《世说新语》如果不是笔记，而是今日之教材模样，会是个什么玩意？而《世说新语》却当了一千多年的名士教材。如果不是像项羽那样烧，而是像秦始皇那样制度性地烧——从一开始就不允许笔记出现（像删除、屏蔽电脑文件一样），使中国没有这么多笔记书，中国文化肯定与今日这般迥异。笔记是中国文化的最重要的载体、文体。从《论语》《传习录》到《万木草堂口说》都保持了儒家文化的正脉；《山海经》《搜神记》保存了东方艺术精神；从大小戴《礼记》到周敦颐的《爱莲说》传经论道；晚近的学问类笔记的名著有《日知录》《十驾斋养新录》《廿二史劄记》；美文类的当首推张岱的《琅嬛文集》，还有余怀的《板桥杂记》。笔记最生活化的是大内之"起居注"、私人之日记，它们的直接性、原生态可供别人作知识考古学、生活世界现象学的多方面研究。野史笔记虽近"诬"也为史家重视。钱锺书的《管锥编》成了文言文笔记的绝响。

笔记这种文体形式与中国人之感悟型文化工作方式是体用不二、互生互动、成龙配套的。笔记的"缺点"是不官样，没有告示威严，没有奏章堂皇，没有体系之书的学术包装，不符合学术规范，不能写学位论文，不能参加评奖。

笔记是感性的，感性是有生命力的，真正大师们的学术著作都保持着感性的光芒。文章之感性之所以金贵，因为文字异化着声音、语音异化着心音，唯感性存下了生命的痕迹。参看《痕迹》一节。

面具

人类的第一张面具是于心不合的表情，那为乞求挤出的笑，为博得同情的哭，还有夸张的痛苦，都毋庸费力自然而然地于我们生活中无处不在。一如那小儿为唤得父母注意而撒的顽泼，风月佳人一年四季脸朝外时的如花笑靥。如此有用，这表情面具也就再难离开过我们、我们更难离开面具了。大的面具是道德,譬如伪君子;中的面具是职业化的人格,譬如办公室脸;小的面具才是这与心不谐应的喜怒哀乐的表情面具。人心之险,险于山川,没有面具了要么裸软如婴儿,要么裸奔如酷儿。然而,面具越普及内化,山川也就越发随机的多而险。恶性循环,表情面具人格化、人格面具民族化,人间世难免成一假人言假言事假事的假面舞会。示假隐真成了做人的基本伎俩,俗谚成堆,装而已。

都说戏如人生、人生如戏,略有不同的是,在虚拟的戏场上,面具是为了彰显人物特色,而现实生活中的假面却是为了掩盖人的本色、本心、本性。古希腊悲剧的面具,大都形制巨大,因为古希腊的剧场大、人多,面具大为的是扩大演员的面部轮廓,同时也是为了一望便知其事。如出土的古希腊阿伽门农的黄金面具凝聚的不是他率众出海的慷慨,也不是他十年征战凯旋的喜悦,却是他被发妻刺杀在浴缸里的绝望。戴着这样的面具上场,观众自然知道剧中人物要奔向必然的悲剧命运。而中国的剧场小,观众也少,因此中国的油彩脸谱,画在脸上,表意传情也可以为观众感知,也是为了吸引观众注意人物性格,一望便知其人,如蓝脸的窦尔敦、红脸的关公、黑脸的张飞。不管古今中外,戏场上面具的知人知事功能都是大同小异。川剧的变脸则是故意让人感受扑朔迷离。

生活中真实的假面舞会,掩盖住的是真实身份,面具充其量也就是个道具,玩的是暧昧。倒是古时候的人狩猎时在脸上画的花纹,能不能吓住动物另说,关键是增强了自己的信心,使用价值大大的。传说中,中国的兰陵王面如春花,恐不能摄敌,遂制狰狞大面以代之,征战多年之后,面具竟然与肉合而为一。这就算不得只是利用了一个好道具，而更是面具终与心合，找到了真主人。

面具找到了主人，也就通了人性，也就不必以具的形式存在——套用马克思人化自然的理论，可概括为人化面具。兰陵王的面具就是自己，当然也不单单是他，从心理学角度（不含伦理判断）说每个人都需用戴有人格面具的自己与外界进行沟通。太本能了就会成了离群之兽。荣格说："人格面具是个人适应抑或他认为所该采用的方式以对付世界的体系。可以稍加夸张地说，任何面具实际上并非戴面具其人，但其他人甚至连自己都认为该面具是其自己。"人常说要面对自己，指的就是面对本我，人格面具实际上也就是一个理想化的自己。《雷雨》中的周朴园以旧习惯、旧家具来固定自己的人格面具，来证明自己不是薄情寡义之徒，他自己也就肯定了自己是那样的人。这种面具便是道德了，儒家的杀身成仁、道家的守雌贵柔，都是把典型人生情景面具化，然后让你轻车熟路地应对下去，历史人物相似之处基本上是相同的人格面具系统在起作用。

个人的人格面具在于个人对生命的感悟，在于对组成生命的诸多要素中的取舍。个体的人格是独特的，而当他们凝集在一起就形成了民族气质，这也就有了民族面具。就艺术而言，每个时代都有自己的代言面具，秦代兵马俑的坚毅、汉代石像生的古拙、唐代佛像的端庄，都是凝结着时代气象的代表。相对于外国来说，中国的民族面具无疑是非常神秘的了。

意识形态是最大的面具，有效的意识形态是共享的内化了面具，最初的创意是反映了公众自然倾向、从而更理想地实现了设计效果的面具。中国的特色之一就是把美德、情操、名头、才学等都能变成面具。艾柯在《误读·大限将至》中说："总有一天，在不太遥远的将来，能够用来界定人的最根本的词语就剩下一个，那就是面具——人格面貌，而它所代表的恰恰是最最表面的东西。"

文史哲

文史哲三家交攻。"文"说哲脱离了感性，说的都是些正确了也没用的精致废话；说史脱离了细节，说的都是些没了人性的规律，越有用越可怕——都是吓唬人的，不是帮助人的。"哲"说文没有了理性，不是野兽就是飞禽，偶尔有棵植物就是不朽的标本了；"史"说文如小儿歌啼于路，撒娇而已，成了是个哭，高兴的，败了还是个哭，绝望了啊、啊；说哲整个瞎扯淡，不能提供确切的知识还嚷嚷个啥。

三家变成了一个大脑，这回天下归一了吧。更糟糕——用细而软的文心看历史，泪眼模糊；看哲学逻辑，一片呆愕。用粗砺的史识搞哲学，三下五除二，唯物主义最好使也就只剩下"唯"。用抽象的哲思一打量：都是一大堆杂乱无章的动作而已，做完了扔下一大堆垃圾，扔的人也变成垃圾。

浩叹过后，齐心合力地说：算了，大家还都是好东西吧。

无情

无情使生命强，多情使生命软。无情就冷，冷了就硬，硬了强归强但也僵，也因此而有"坚强者死之徒"。多情即热，热了就软，软就无能，无能就是废物，"至柔如婴儿"，是无为，不是无能。婴儿之柔是因为婴儿即使多情也是自然而然。大人像婴儿那样号啕会晕厥，像婴儿那样笑迹近发神经。大人的情已经社会化、难保不异化，要想人性复归、回返童心赤子，由多情入道者有之，由无情体道者亦有之。所有主张"静"的修行，无论是理学心学、瑜伽太极，都是在寻找领取无情的道行。七情是百病之因，修行都得逆行返自然。

人生而自由却无往不在枷锁中，政治学说这枷锁是制度，经济学说这枷锁是利益，哲学说这枷锁是语言，文学说这枷锁是情感，佛学说这枷锁是肉身及俗世观念。旧马新马都说所有的解放就是打破束缚重返自身。自身又是什么呢？自然不同的主义各有一套修辞，又都言之成理、细致精微，承认了其前提就被其自洽的逻辑带到了该体系的目的地。用佛教的不净观观之，每个体系都是在给赤条条的赤子穿上紧身衣。人的一生如一日：赤身裸体睁开眼，穿上各种身份的衣服（卡夫卡笔下的制服）去扮演角色，做尽旋转回宿地，脱掉衣服进行可逆和不可逆的睡眠（死亡的诸多定义之一即不可逆之睡眠）。若有人硬说还有和衣而卧、睡衣加身的，我只能说你太"多情"了，把自己多到了多余堆里。再说，再华贵的衣服也是外烁，穿的下场是脱。人们早就——至迟庄子就看透了：人们舍却性命去追逐外物（包括外衣、观念紧身衣）犹如用隋侯之珠去打麻雀。当然，他的理论也是给人寰添了一套：也许是皇帝的新衣，也许是穿上它就敢说皇帝没穿东西的衣。衣者，依也。所有的枷锁都是通过"情"起作用、落实到人的。《红楼梦》说透了情吃人的纹理，要想解枷去缚，就得将情"损之又损，以至于无"。禅宗追问父母未生是个什么，是想返回赤条条来之前那个"无"。

据说，有位著名的外科主任不等一支香烟抽完就能漂亮地切个阑尾，可给他儿子做时两手抖成七八个手，不得不由助手来做了。这是家常小事中的不能无情反胜为败。围点打援能够成功就在攻其所必救，对手明知是火坑也非得跳。舍卒保车，对卒就是个无情。库图佐夫撤出莫斯科并坚壁清野挫败拿破仑，对莫斯科是无情的，他也没说不能再撤，因为身后是莫斯科。

无情是理性的属性，人们推崇理性而反感无情。理性，说白了，是社会性，是为了长远计划克制眼前冲动、因了对方克制自己的能力，是为了达到自己目的适应形势的计算能力。理性的"典型"是逻辑。西方有过"逻各斯中心"，中国没有过。所以，他们有科学，我们有美学。中国人推崇理性是希望别感情用事，能够换位思考，将心比心。

在中国的艺术谱系中，无情处于与多情阴阳对冲的微妙的平衡点的位置，与哲学上讲"有与无"，偏多讲无相反，艺术本是抒情的，无情不受提倡，意境论中的无我之境是个例外。绘画中的"留白"，是将无作有的，但不是无情。

无情也是自由的属性。人们喜欢标榜自由，不喜欢渲染无情。就人文语境而言，自由也是个西化问题，是他们那"个性社会"的价值感觉、精神习俗，从而再生为生命诉求。他们多讲真诚，我们多讲忠诚一样。真诚是诚自己出，忠诚是决心对别人好。我们的理想是真善美一应俱全，于是"有情觉悟"成了观世音，情丰意足中的机趣成了自由之象征的"美"。

弘一法师出家，他的日本夫人在西湖边的一个茶馆里哭了一下午，他无一语，最后，欠身致礼，走了，没有回头。他对她，情断义绝；他对律宗，一往情深、死而后已去了。等而下之，多情才子的无情，因"多"而"无"的情，浓缩了有情伤己、无情伤人之人生悖论。还有"忠孝不能两全"；尽性不能全名，全名就不能尽性；成人不自在，自在不成人。自相矛盾基本等价，东食西宿，两全而两伤。解悖无方，就唯将一死酬知己了，黛玉"情情"而夭，宝玉"情不情"终遁入空门，赴死蹈空最无情却又是最有情。

无情能使智者超然。慈悲为怀的佛教，包含着慈的有情大情，也包含"悲"之对无常世界的体认，"悲观""悲度"是劝人超然起来，无情了才能"金刚不坏"，结果当然是没有人能够金刚不坏。主张用减法的老子，就是看透了"天地不仁以万物为刍狗"。"道无言""圣漠然""天若有情天亦老"。

人是动物世界里最多情的，也是最脆弱而残忍的。人的脆弱与残忍基于多情的多，基于无情的少。

色

在中国古代男权话语体系中，色指女人时，不在于"人"，在于其为"女"，是把女人当欲望对象而不当人。如果女色对男人的事业有用，就是美人计，剩下的就是娱乐活动。伦理化了的历史与戏文中，美人的明眸巧笑使君王国破身死、父子离间相残，没那么多刀光剑影的戾气，却多了些柔情蚀骨的阴森。文化"大一统"中的英雄豪杰是断不能和"色"沾边的，沾了边就得误国误事，齐桓公、唐太宗尚且如此，更不用说好色误国的唐明皇、南唐后主了！在中国，你要是想做好人好事就不能"色"。

《三国演义》以不写色著称，但貂蝉谍海沉浮，就是贵为东吴郡主的孙尚香也不免沦为两军战和的筹码。《水浒传》里的女英雄除了扈三娘别的不像女人，坏女人则都"色"。西游里的女人不是被妖怪霸占，就是自己是妖怪要霸占唐僧！就是在《三言二拍》和其他戏曲小说中，也多是可爱的偏流落风尘，大家闺秀却有奔淫之嫌。直到曹雪芹用他诗人情怀，写出了红楼梦，宝玉几乎落在了脂粉堆里，宝玉色么？

传统英雄本色是不色，传统诗人情怀是万物皆着我之色，色是重要的，真艺术虽尚色但无邪，艺术家好色，是要给人寰添上自己的色。景色有用了，没有凤凰台、滕王阁、黄鹤楼，怎能以登高之兴，抒风去台空、大江自流的诗人意绪。没有小桥流水、春江月夜、大漠孤烟，何来江月年年的感慨、疆域茫茫的慷慨。没有女色也不行，没有美人香草，对贤主的渴求如何表达？没有思妇怨闺，心中委曲不平如何倾诉？韩熙载夜宴，佳人林立，可是他高兴吗？曹植《洛神赋》里的宓妃，他能得到吗？王安石《明妃曲》里的王昭君，弦断有谁听呢？奉旨填词柳三变，酒醒不知何处，他快活吗？还不都是执手相看泪眼！那么多良辰美景，那么多倾国倾城，然而又是那么多的红颜薄命！艺术里，多少年流不尽的英雄血，对应着多少年流不尽的美人泪，浇灌着绛珠仙草，从春流到夏，泪也渐成了血色，染得那霜林醉。

美人之死，多是大王意气尽，贱妾何聊生？所谓利刃在喉，美人安能不迟暮。倒过来，美就不能深锁闺中而人不识，识我，必令六宫粉黛无颜色。霓裳羽衣，长袖善舞，舞丝之色为绝。美人之色如其头上那把刀之刃，无往而不利。然过于利则易折，易折就短命，短命也要美，艺术要的就是这难以自弃的美。不得不绝的色，有了这等绝色便如李白的诗、裴旻的剑、张旭的字，气象万千，神采飞扬，痴绝狂癫。

然而，走到极致就到了尽头，穷了途，到了顶，也就该下来了。绝色香消玉殒，国运盛极而衰，豪情一落千丈。懂得物盛当杀的人留着物，避免盛；懂得空色无二的人，干脆连物都免了。这般无情，虽不像那句"自杀伊家人，何预卿事"透出的对生命的漠然、对色的无动于衷，但也是体验过亢龙有悔、水火既济的利害，是无可奈何的理智超然。大部分人，执着于外相，被糨糊粘住了，人在糨糊，也就身不由己，千年悲叹仕不遇，也许不是真悲，只是偶尔发发牢骚。这个天，我补不了，不让我补，我不去补，入（儒）不进，倒（道）回来！既然大道青天我独不得出，泛五湖，散发弄扁舟也像神仙，肆意在这湖光山色中，纵情在这水色天光里，清风明月，自有红袖添香，知己相随，是真名士自风流！艺术家有了这等"色"心，便去了那被外在功名污染的欲，少了痴缠道德小节的官司，没有那辨明学理的烦恼。艺术家干干净净入澄明之境，便会对多彩生命有本真的直觉感受。本色就是无色，便无所谓纯、彩，非关乎浓、淡，不羁于正、邪。

心无挂碍时，日月星辰皆为我形，风雨雷电皆为我声，征夫思妇皆为我心，飞花摘叶、嬉笑怒骂也就皆为我之文章，我更能体贴世情，委曲人情，不以己悲，知人疼人也善对于人。由此看，艺术要色，艺术家要不色。只是此种状态强求不得，创作时能否达到，就内持修为外看造化了。

天地有大美而无言

承认天地有大美是人对于天地的敬重，因为有了这份尊重敬畏，中国人才不需要修建那么多而且夸诞的教堂。中国古人是心甘情愿地承认是自然之子的，皇帝叫天子也半是嚣张半是谦逊。今人，在自然面前非偷即抢，所有的现代化开发，对天地而言，可以说是倒行逆施。

西方"唯我（人）独尊"的嚣张，既有柏拉图《理想国》之极权决定论奠基，更有《圣经》上帝之力的煽惑。这"两希"（希腊、希伯来）一合的西方，必然生长出发动世界大战的人来。上帝比天大比地大，而且还大言炎炎，垄断了话语权。上帝是人的代言人，是人说要有上帝于是就有了上帝，是某人让上帝如是说如是说就有了《圣经》。于是，人以基督教的方式凌驾于天地之上。那一再宣布上帝死了的、人死了的人，也是这个嚣张世界（"平面"）中的一众生。自然，尽管早有人说这个世界没落了、正在没落、已经没落了，但是它还没有没落。如同尼采说上帝死了，上帝说尼采才死了呢。它，还有得嚣张，因为他们开始吁求"和平""环保"了，意在让别人和地球再为他们效劳，从而再"利用"若干时候。"天地之大美"就在于它包容美丑各类，而且还"无言"。要说苟化，天地最苟化。

中国古人敬天保民、倡导天人合一，真真假假的几千年如一日，"万物一体"的人文情怀忽而有用忽而没用地遏制着人的狂悖，也间接地导致落后挨打。如今，天人合一学说又转而成了环保家们的理论了，因为它是一种孝顺理论，是要模仿自然、顺应自然而不是改造自然、与自然为敌的，因为它承认大美在天地那里。

天地有大美，这大美不是漂亮，而是它终归是不可战胜的，能够笑在最后，因为它无言，所有说出来的都证明错了，这个没说过的，就是那个"是"了。三十年河东河西地来回晃，除了证明那个没有"秀"（言）过得更秀（大美），还能证明什么？

第六章　拾垃圾者

无能的理想主义

缪塞说，女人，你的名字是背叛！他指的是乔治·桑一个人。这说女人是无能的理想主义者如同莎士比亚说女人是弱者一样，也只是在指称某一类女性——我们这里指的是求雅得俗的那一类。

理想主义一直是个美妙的称谓，尤其在我们这里，它几乎被视为不俗气的别名。秉持这种主义，给那些面目姣好的女性平添一缕优雅的贵族情调，即使丑女也能因它而多出一些让人不敢轻视的风韵。至少，它是初恋者最合适的服装，甚至是必备的一种气质。但在一些人眼中，理想主义一旦成了居家过日子的主妇，往往是无能的；或者说，成了家庭主妇还恪守理想主义的调门儿，她的生活能力便要大打折扣了，因为所谓的理想不过是不现实而已，而家庭生活是最现实不过的。

一些无能的理想主义者已婚后的主要症状是：在理想与现实这两扇磨石间除了自怨自艾，就是抱怨丈夫不理解自己的心（总是要大讲世上唯心最可贵）。而她那颗心，除了不满就是失落、百不如意。有能的理想主义者超越一切，无能的理想主义者被一切超越，所谓婚姻是爱情的坟墓等类似的妙论都是他们失败的哀鸣。那种没有具体内容，也无法兑现的理想主义派头将她们沉入忧伤的思维方式中，多愁善感又百无一用，唯难受而已。

这种无能的理想主义必然滑向"没落的悲观主义"，与尼采说的那种强有力的悲观主义是无缘的。其特征之一就是惯用次要事物的标准来衡量主要事物，貌似全面却不得要领。既脱离了理想主义所分泌的安慰，又排斥了头脑简单的女人那种易满足的幸福感，成了高不攀低不就的没有内容的孤独者。

任何人都不愿意承认自己无能，无能的人尤其忌讳这个实质问题，不放弃憧憬的理想主义心态遂蜕变成一种顽固的变态自尊心。既有不想欠账的骄傲，又有不想付款的自爱。追求两全其美，其实是只知其一不知其二，这是理想主义者的痼疾，无能者更不着边际而已，所以才那么滞重、沉闷、不通。那点理想残骸最后成了反败为胜的玩意儿。

阴制阳

人是会思想的芦苇，虽然会思考，然而也还是芦苇，思想这一功能，只有助于他（她）进一步认清自己是芦苇这一可悲的事实。芦苇大约是不分性别的，或者说，雄芦苇、雌芦苇都是一样的脆弱。人在宇宙中，脆弱早已抵消了"高贵"，这个大前提早已取消了雄雌争高下的任何意义。

然而，"阴制阳"又是宇宙的法制，更是中国历史上各种斗争的规律。老子的《道德经》早就揭示了这个秘密。举个家喻户晓的例子：如宋江智不如吴用，武不及阮小七，他的特长只是善哭会跪而已，他也正是用这种阴柔将那些野夫壮汉团结起来的。梁山泊那个大家庭正缺他这样一个人，于是大哥非他莫属。

人的本质属性是有限的、悲剧性的。即使是制阳之阴仍然要被另一个更阴的阴所制，宋江不就是被四奸贼暗算了吗？

所谓看透

看透世界与否不是一句评语，而是一个宣言。经常有人皱着眉头说："我早把这个世界看透了！"听到这种话的时候，你不能阻止他或批判他，因为你属于这个世界，他已经把包括你在内的这个世界看透了。

人与苍蝇同是上帝的产物。尼采跑到街上，抱住马头说："我受苦受难的兄弟啊！"可他为什么不对拍死的苍蝇说："我死得惨的兄弟啊！"是因为他看透了苍蝇，而没有看透马吗？还是因为都看透了，才与马亲近而厌恶苍蝇呢？

那些看透世界的人是看清各种貌似不同的事物的同一性了，还是看透了苍蝇与马的那种相异性了？这不得而知，因为我还不敢声言"看透"，而那些号称"看透"的人各有各的"看透"，他们之间并不"透"。

所谓"看透"，其实想化被动为主动，想反败为胜而已，因为当个被游戏者总不如当游戏者。其实，这还是没有看透。真正看透了的人是那些修成圆寂功德、领取了涅槃智慧的人，否则所谓看透只是个可怜的"无明"——"理障"而已。看透，就必须将其"看"也"透"了，否则只算一种"看"而已。

魏晋文言小说中有个重复率很高的故事模式：一个人走在山

路上，突然一步没有迈对，落入一地洞。他到了底，四面一看，有一小孔，仿佛有光，循光前行，摸索向前，忽然，在他面前展现出另一洞天……

人活着也常有这样的时候，换句话说，因为人活着还可能出现这样的时候，人才有理由保持希望地活下去（这倒与加缪的"荒诞哲学是希望哲学"不谋而合了）。喊"看透"时其实往往是沿洞壁向下滑时，等他看见那个小孔时，他说的是："看着了。"

号称"看透"只是在摆脱挫伤感，看透云云只是牢骚的序曲或尾声。尽管真诚的自欺是人的宿命，声称看透是真诚自欺之一格，但别把这份自欺加上花边缎带，让它庄严得吓人兮兮的。那样久而久之，你就连自己也不敢、不能面对了。看透本是要"空"掉假相界，找回我之"自性"的，怎么能弄出个"我丧吾"的滑稽呢？

假若人人都"看透"，这世界多恐怖！试想每人一副发 X 光的眼珠子，睁眼就将配偶、子女、朋友透视个够，这有情人间不变成罗刹国了？

难受有瘾

一位朋友有句诗，"那哭不出的才是这个世界的眼泪"，真有叫人不知道该去哪儿哭的难受劲儿。

李商隐是诗人中最真诚地去难受的一位。一生都郁郁寡欢的李商隐，尽管有"享受痛苦"的心力和心思，也终难一以贯之，他也得想办法制造从难受中耸身一摇的心境，于是给我们留下一部《义山杂纂》。这是一本充满对世俗生活拉开"距离"来细心观察的小书，也是一本具有不动声色之"客观"的诙谐小书。与其说他在为写诗而积累知识，不如说是苦闷人在寻找"开心一刻"的解脱。人一进入叙述，就能转移自己的心理能量了。因为一叙述，就分开了主观与客观（哪怕是有限的），就拉开了心理距离。这是上至李商隐下至农村二嫂，都在享受着的"叙述—转移—胜利法"。

的确，"距离"是个好东西，是消解难受的法宝。看客其实是剧场中最舒服的角色，哪怕因看悲剧而热泪盈眶，也不过是流泪于别人的故事，比演员好受多了。

但是，当演员有人管饭，当看客还得另有生计。扩大点说，在这个"场"中你是看客，在另外的"场"中，你就须是演员了。而且，就像演员大叹忙且苦一样，看客也要大叹闲且烦的。因总演不成戏而穷、而自伤作废了等就更不在话下了。

写"杂纂"时的李商隐出离了那种"春蚕到死""蜡炬成灰"的煎血熬肉的苦境。述而不作，因置身安全地带而神清气爽。可是，后人看到的"杂纂"续篇，都不是李商隐写的，他也许用同一支笔，又去写那些令人心碎的凄美诗篇和混饭吃的出双入对的应用骈文了。

作为幕僚，写骈文是职业行为，今人谁也不敢设想可以雇用李商隐做文字秘书。然而，他当时却因未找到合适的幕主而愁苦万状。写诗，是精神上的吃饭，不吃不行；吃，却是在抉心自食，那种不是滋味的滋味，就是说了一生一世也没有说出来的难受。不独李商隐，甚至不仅是诗人家族，也许人这种造物，对于细致而情深的难受，有着天然的需求？

消解难受又需求难受，所以人被判了难受的无期徒刑，所以人们才将涅槃挂在嘴头。然而，都不过是"说说"。

李商隐说

必不来：醉客逃席，客做偷物请假。逐王侯家人。把棒呼狗，穷措大唤妓女。

相似：老鸦似措大，饥寒则吟。穷亲情似破袖肘，常自出。婢似猫儿，暖处便住。京官似冬瓜，暗长。印似婴儿，长长随身。馒头似表亲，独见相亲。燕子似尼姑，有伴方行。县官似虎狼，动要伤人。尼姑似鼠狼，入深处。乐官似喜鹊，人见不嫌。

杀风景：花间喝道，看花泪下，苔上铺席，斫却垂杨，花下晒裈，游春重载，石笋系马，月下把火，妓筵说俗事，果园种菜，背山起楼，花架下养鸡鸭，步行将军。

不快意：钝刀切物，破帆使风，树荫遮景致，筑墙遮山，花时无酒，暑月背风排筵，鲙醋不中，夏月著热衣服。

意想：冬月着碧衣，似寒。夏月见红，似热。入神庙，若见鬼。腹大师尼，似有孕。重幕下，似有人。过屠家，觉膻。见冰，心中寒。见梅，齿软。

拾垃圾者的性地风光

孔子当然无须借用两千年后一个洋人的术语来做身份，但本雅明的"拾垃圾者"的确是对孔子的一个绝好的形容。孔子好古敏求，成为当时公认的一流的古礼、古乐、古文献的专家，他收集整理殷周礼乐，晚年居于"室内"——本雅明又一个大概念，其意思是：在充满传统的古色古香气氛中把自己同虚无和混乱隔开。

孔子的一生是品尝失败的一生，但他并未悲愤交加而英年早逝或精神幻灭而自绝于世。他是个有经纶有斟酌的人，在摆布自己与世界的关系时，仁智并用，"极高明而道中庸"。不信请看《论语·侍坐》章，孔子竟出人意外地赞同潇洒派曾点的志向。

孙奇逢说："淡泊宁静是尼父真血脉。"若无这份淡泊宁静的情态，难免降志辱身、枉道求容，成为汉代曲学阿世之儒，而非至圣先师了。但他又绝非隐怪一类，不走高蹈一途，他明确地说：我既不降志辱身，也不隐居放言，我"无可无不可"（《论语·微子》）。孔子走着一条中庸求正之路，"遥而不逍"（王夫之说），这是游于大者。游于小者，则是逍而不遥（见《庄子·逍遥游》）。从容中道，不做道家那种绝对无待的极端要求，而是将有待的状态相对无待化。

向内转

精神对实有世界的超越性是人性的一个特征，也是人文学说的一个潜在的支点。孔子又是一个专门探究"智者乐""仁者不忧"

法门的精神现象学专家，什么"君子求诸己""游于艺"等都是步入"乐感文化"殿堂的要道。而"超越"是快乐的根本保障，不超越就难做到"人不知而不愠"，而没有精神生活也很难做到"贫而乐"。

子曰："饭疏食（粗粮），饮水（冷水），曲肱而枕之，乐亦在其中矣。不义而富且贵，于我如浮云。"（《论语·述而》）

同理，志于道而耻恶衣恶食，便被孔子归入不足取的档次（《论语·里仁》）。他认为"士而怀居，不足以为士矣"（《论语·宪问》），他想搬到九夷去住。有人说："那地方非常简陋，怎么好住？"孔子的回答成了一条著名的格言："君子居之，何陋之有？"（《论语·子罕》）只有这种人生态度，才能践履"志于道，据于德，依于仁，游于艺"这样一条人生道路。而"游于艺"是修养功夫的极致，也被视为古典美学的巅峰境界。这里只想说，没有游于艺的情志满足，是很难在嚣嚣攘攘的尘寰中独立不移地支持下来的。志道据德、依仁游艺，自孔子后成为中国文教传统的"范式"，看看康有为以这四句话为纲确定的"学规"（《长兴学记》），就能感受到它的巨大的生命力了。

向内转，对于学人来说，关键的区分是为人之学，还是为己之学。尤其是势与道分离而矛盾时，走哪一条路是泾渭分明的。孔子对学问之深刻美感有着超凡的偏嗜，这是他唯一孜孜以求的对象——"学而不及，犹恐失之"（《论语·泰伯》）。闻韶乐而能三月不知肉味也够浪漫多情的。"韦编三绝"之类的佳话可以给他惟以好学自诩的话头当注脚："十室之邑，必有忠信如丘者焉，不如丘之好学也。"（《论语·公冶长》）为己之学是在享受文化，如同佛说的"受用"。明人耿楚侗对其妙处的总结颇可参考：

俗情浓酽处淡得下，俗情劳扰处闲得下，俗情苦恼
处耐得下，俗情牵绊处斩得下。斯为学问真得力处。（张
岱《四书遇·怀居章》引）

人们曾以为孔子是宣扬"学而优则仕"的祸首，其实这句话是
子夏说的，而且它的本意是必须将德行、学问敦实（优）后才能去
做官，否则是可耻的。子张问孔子求官职得俸禄的办法，孔夫子答
复得居然这样理想化："言寡尤（说话错误少），行寡悔（做事懊悔
少），禄在其中矣。"（《为政》）道德至止是孔子的一项坚持。孔子
说颜回死后弟子中无人称得上好学的，而颜回之好学的主要表现就
是"不迁怒，不贰过"而已。

这种"向内转"的思想姿态，给了孔子及后来的夫子们不可言
喻的精神慰藉。看看《宋之学案》《明儒学案》《汉学师承记》等著
作，就会感觉到中国的国学师傅们的"拾垃圾"精神是多么可歌可
泣了。中国的大文化传统正是靠这种精神不灭不绝地传承下来的。
这也是孔夫子作为道统祖师的无量功德。

士不遇，很好！

汉朝以"士不遇"为主题的赋特别多，尔后历代都有"士不遇"
赋，但换了词儿、换了说法，角度在扩宽，层次也在递进。因为，真
正的"士"不可能"遇"，这乃是拥有人文情怀的士的"宿命"。

泛说太笼统，且从明末张岱的《墓志铭》说起。张岱是中国历

史上罕见的性灵作家、史学大师，罕见在能合二者为一。这个早年的大顽主，将所有公子哥儿的那一套没有一个不搞得登峰造极。然而因为有性灵，就像布莱希特说平民意识拯救了纨绔少年托尔斯泰一样，性灵拯救了张岱，使他们没有坠入冷酷的纵欲主义一伙。而在明亡之后，那些玩闹生活成了《陶庵梦忆》《西湖梦寻》的"素材"，也为戏剧史、饮食文化等课题贡献了上好的记载。张岱也终以其性灵而成为性灵小品的大师，今天的中学生都读过他的《西湖七月半》《柳敬亭说书》《湖心亭看雪》。

有意味的是，这位"极爱繁华，好精舍……"的纨绔子弟伴随着国破家亡跌入赤贫的困顿之中："破床碎几，折鼎病琴，与残书数帙，缺砚一方而已。布衣蔬食，常至断炊。"堕入"既不能觅死，又不能聊生"的"极限状态"反而"天门中断楚江开"。他借助外力挣脱了布景的眼障，看到人生的真实、历史的真实，不但能写出性灵精品，还写出了从史识、史料、史例诸方面都是一流著作的大书。

张岱的史学著作有《石匮书》（221卷）、《石匮书后集》（63卷）、《史阙》（6册）、《古今义烈传》（8卷）、《有明于越名贤三不朽图赞》等，都是他"披发入山，駴駴为野人"，在穴居生活中写就的。张岱因此而有功于人类多矣。

《儒林外史》中的假名士提出过这样一个问题：名士好？进士好？我们不妨仿辞：诗酒风流好？穷愁著书好？当然，享乐主义者自然说潇洒走一回，难得几回醉。秉持人文价值，拥有宗教情怀，至少有点文化情怀的人则会说穷愁固然苦且难受，但能自己属于自己，还能写出对人性建设、历史进程有益的著作，则此生不虚矣。

白居易对李白、杜甫"说"："天意君须会，人间要好诗。"是在用李杜之不遇来慰解自己之不遇。我们则不妨做这样的归结：真正的"士"不怕不遇，或者干脆说："士不遇，很好！"

不信，你瞧张岱。

教而不育

中国文化上的事情，好坏差不多都由教育来负责或从教育上找解释。中国的教育既使华夏文化成为文化大国、没有中断的古文明，又使这个古老的文化大国因故步自封而在明清以后开始落后。是非同门，利害同根，得失一体：早熟与延长了的幼儿症是成也萧何败也萧何的同一原因。比如科举制即使经典文化传承不绝，也出现了"断送江山八股文"这一病灶。

古代的一些教育方式没有养育出超验的价值体系，一些基本的人类生活观念都是靠氏族生活原型转变的道德，人间的理念没有根本的支撑和依据（后来王阳明弘扬出个良知之道，还备受压抑）。没有高于权力的大理性判断和大道义评价，只能缩减为做人的道德，改变不了谁有权谁有理的这种永恒的不公正结构。这就形成了"教而不育"。譬如说古代素质教育有"六艺"。六艺，包括礼、乐、射、御、书、数，在西周已经相当成熟。礼乐偏重德育，射御偏重体育，书数偏重智育，都为了培养君子，是贵族教育。

人文精神

人文精神最简单地说就是用人道主义情怀面对世界，用人道主义精神来"文化"自己和这个世界。与之相对的是权力的"武化"与金钱的"商化"，说白了，人文精神就是与政治、经济相对的文化。这是人文精神的一级定位，尽管还是个无用的定位。不管什么专业，知识分子通过教育、文献研究、文学创作、经史学问、艺术创造等进行着文化建设，用文明去化野蛮，用人的理念、价值、主体意志去对抗金权世界、蒙昧主义——广义的"人化自然"是人文精神的一个核心内容。无论是官方儒学还是士子儒学都坚持这个立场，这就形成了中国的亚宗教——道统。相对于官本位的治统而言，道统是中国文化的宝贝。但道统又是狭隘的，与个性、自由有矛盾，"异端发展传统"是个悲喜剧，"儒道互补"成为个体的士子现实可行的天人合一的理路。

大丈夫

"政教合一"是儒学教育的根本方针，究其实质是一种为政治服务的大素质教育。内在理路是"血管里流出来的都是血"——只要是君子，个人成道，国家也正规——以"文"去"化"天下，这就是常说的王道，是靠教育而非刑罚来改良人生。天子与一般贵族子弟受到的教育在教理上是一样的，自天子以至庶人都遵守修齐治平的道路。从西周及其以前的六艺教育、东周至汉前的私学是如此，到汉后儒家的经义教育成为一统天下的主流更是如此。但，这一路，可以称为"权文"，不是我在这里要特别标举的"人文"。

真正的人文精神薪火相传基地在书院，孔子是开端，宋明理学是顶峰，如岳麓书院、东林书院等。书院教育也与科举挂钩，但超越科举。王阳明的学生游山玩水亦中举，找到了感觉的"打蛇打七寸矣"，心学的中举率很高，但阳明书院的意义是扭转了中国思想史的方向。理学，相对于汉学是素质教育，心学又革理学的命——王阳明是素质教育的伟大的范例。没有阳明搞那一场普及率极高的素质教育，儒学就中断了生机，晚清就失去了民族复兴的思想支柱。官学有官学的素质教育，民间有民间的素质教育，都共同养育了中国的"教育教"。但民间这一路是中国人文精神的精华，具体地说，士子儒学是一直从事中国人素质教育的基本力量，最典型的是孔子和王阳明。

孔子教育儿子和教育别人一样（不学礼无以立），这种素质教育是伦理本质主义的，从而不是彻底的自然素质，但有一个"德智"相生，统一于"仁"的理路（仁者安仁，智者利仁）。这个仁既是合于天道的从而也是合于人道的。孔子的诸多教育思想都是为了让"仁"在天地之间成为普遍的事实。为了实现"仁"必须有中庸的品质——行为及思维的品质。士子儒学的素质教育是培养人性品质、思维品质、道术一体的文化工程。素质教育就是培养出永远都恰到好处的素养能力。这个好不好有个终极的标准——"仁"不是无标准的流氓。孔子的素质教育思想，总起来说就是：第一，让学生自己找到自身内部的善本根，"为仁而已""吾欲仁而斯仁至矣"；

第二，激活学生的智慧，而不是灌输单纯的知识；第三，"君子不器""我不试，故艺"。人是目的而不是工具。"志于道""浩然正气""取之有道"，为主义而教、而学、而工作。

大器免成

与儒家文化形成对位补充的是道家，他们反对包括儒家在内的所有破坏人的自然本性的"文化"（伪），成为后世生命哲学、文化诗学的思想资源。这一路想保全贞素于乱世，想用艺术感觉来对付人生战场，是东方式的"悠然自得"的典型。

中国自古而然的农耕经济、内陆型的生产方式，使得自然经济一直是主导经济。这种自然经济最能保全、养育人的天然的素质，尽管只是低势能的自然素质，但可以让人总是生活在体验中，从而成为体验大于行动的"哲学家"——也就是罗素说每个中国人都是哲学家的那种哲学家。我们可以说主要是道家的观念成为一般中国人的基本信仰，或者说道家体现着这种基本信仰。道家的素质教育的总思路是从人自身的需要来规范教育，就是用美学代替宗教。在这一点上儒道是相通的，都是中国品种，都是想通过天一合一（德）的思路来保全人的心性与天道的沟通，获得"大全"的文化精神境界。

道家的影响主要在民间，既是雅文化圈士绅们的基本心理结构，也是俗文化圈的民众们的普遍信仰，道家分蘖出来的道教是中国本土的、在民间占主导地位的宗教。保护素质就是他们的素质教育的宗旨。说白了就是他们要"素质"，不要教育："大器晚（免）成"，培养"超越"的心理机制，是艺术化的人生态度的哲学基础。儒道互补，构成了中华民族"进取超越"的生活方式、情感形式、思维定式。在大师一级的文化人身上看到的那种德智体美大全，就是其结晶。

士君子

儒家的士君子理论有未能普救众士的一面，也有在一个反智的专制社会中终于能奇迹般绵延不绝地传下来的另一面。它哺育出来的士种，能够真诚地信奉它、捍卫它，使这条"道统"尽管只是作为"思想体系"而非社会实体，却终于能够传承下来，这无论如何是个奇迹。

儒家士君子理论的极致也是塑造改造自己的圣贤，而非改造世界的英雄。它的思路是通过德位相符的教化过程，使在位者有德开明，以最小的代价取得社会进步、文明进化。这个理论，从理论上说是人道的。倘真能实现这种德对势的征服，将是不留遗憾的征服，不会出现手段异化目的的恶性循环。但把手段本身给先行虚化了，教化本身只能是"批判的武器"，而不是"武器的批判"。

按说，儒家的士君子，将士定格为"道统"的承担者，历朝历代（除秦及汉初以吏为师外）都通过各种渠道选拔优秀的士充当行政人员。尤其是隋唐行科举制后，政府的骨干官员皆是士出身，士变成了"士大夫"，直接承担着"政统"的主要职能。笼统看上去，古代中国是所谓"士人政治"了，是以士为中介的政统、道统合一的国度了。外国人，如韦伯等就相信有这样一个"士权"与"皇权"抗衡着。

其实，由于士人集团是个"无定主""无恒产"的集团，不属于任何阶级，又必须依附于权力阶级才可以行其道，总要"赁于帝王家"。这便使"他"永远处于打工仔地位，即使当了宰相也是如此。秦前是游动性的依附，秦后便是固定性的依附了。绝对依附中的士子命运，便如男权社会中的女人了，滋生些"妾妇之道""俳优之势"是势所必然的。

孔孟时代，这种依附性已使正儒、正身之士尝够了辛酸，孔子到处流浪、孟子到处吵架，以期"明道救世"——必赁于"一姓"帝王家，除非你放弃"明道救世"的责任。就当时的现实效果而言，孔、孟以失败而告终了，但是其思想形式成了汉后的官方意识形态，在理论上成功了。

大同四字唱

乾父坤母，天下归仁。万物一体，和谐生存。天理昭昭，善恶成因。物质可能，精神能可。天人相分，合在移情。一分为三，阴阳互根。上善若水，中而因通。美立大同，自由在诚。无无为大，和和通同。

无无为大，和和者同。通权达变，变而时中。大同之政，无私公平，大天无我，立党为公，大地公正（大为动词），执政为民，大爱致善，选贤任能。以法执政，德政育民。社会本位，保护个性。真实平等，平等在中，良风美俗，教化创新，各尽所能，平等在天，各取所需，需求从天，物性不齐，万物一体，美丑不齐，仁心齐之。改造学习，改造本能，清除腐败，政清治明，修睦和和，欣欣向荣。为政在人，人存政举，取人以身，修身以道，修道以仁。仁者人也，亲亲为大；义者宜也，尊贤为大。修身道立，尊贤不惑，亲亲不怨。男女平等，共同发展。中者大本、和者达道。归化自然，大爱无疆，代代演化，因果循环。人自大同，世界大同。

大同大顺：顺天得时，顺地得利，顺人得和，顺中得静，顺仁得强，顺义得尊。顺了才大，大了才顺。见大心泰，情大仁大。大诚中庸，大和周易。大善大能，大机大用。大情一开，体信达顺。大德不官，大道不器，大信不约，大时不齐，大同不已。

大同新民，日新日新。尚情无我、觉悟有情。以情为本，以道为根，以义为身，正心诚意，鉴空衡平。知止有定，静虑致知，止于仁慈，止于孝敬，慎独自明，廉洁自治，修身自安，行义自显。仁以安人，义以正我。惩忿窒欲，变化气质。必仁且智，义命合一。诚者无事，曲成万物。一撇一捺，光辉美大。

大同移情，万物一体。大情不开，心物不通，人我永隔、地闭天塞。心冷世冷，戾气陡增。怀揣利器，杀心顿起，易刀而杀，报在不远。情开在心，心诚意动，一感遂通，老我之老，感恩族群。

幼我之幼，博爱亲仁，人人亲仁，天下归仁。情由诚出，有善相劝，有过相规，缓急相济。不诚无物，不诚无情，无诚不词。至诚能化，至诚不息。大道人心，返璞归真。除了良知，别无主人。

天下为公，德位相称，信念为体，能力为用。讲信睦邻，修己安人。知耻近勇，为官力戒：意必固我、贪嗔痴慢、刻忌刁毒、浮嚣戾滥、狂诈俗恶、愚执诡陷。名闻利养，长傲逐非。不学无术，败事误国。多欲不善，自我完蛋。是非同根，利害同门，得失一体，福祸相依。以礼相与，动不相害。厚德载物，高明覆物。致善亲仁。自强不息，精忠报国。爱爱是仁，法法是道。乐以和声，政以一行，刑以防奸。与民同乐，与民同好，财聚民散，财散民聚，令出民悦，上下相亲。不求而得，信著天下。大德敦化，天下大本。

化民成俗，必由学习。学而时习，不足自反，知困自强，学以治性，虑以变情。唯文不死，大义通入。孔门贵思，佛门贵想，大同贵大，大而有几：在利思害，兴利防害，在害思利，兴利除弊。长善救失，博学审问、慎思明辨、尊师重道、以道制欲，万行同伦。内圣外王，知行合一。

己所不欲，勿施于人。守静去躁，养性和神，表里兼济，至静为宗，精思为用，慈惠为先，柔和慈善，贞清阳明。刚狠恶浊，心魔缠身。心淡而虚，阳和自长。意躁而欲，阴气入髓。阳胜阴伏，制之在我。吐纳练藏，导引和体，静以安身，和以保神，精以致真，爱以明心。

政和音安，政乖音乱，民困音哀，亡国之音，政散民流，礼乐皆得，德者得也。乐者为同，礼者为序，同则相亲，序则相敬，乐至无怨，礼至不争，四海之内，合敬同爱。过制则乱，过作则暴。一动一静，天地之间。乐和礼顺，天下大定。

大同化育，化育大同，大道前定，变而不变。大同大同，大国国魂！

隐逸

孔子最后只能将满腔宏愿寄托于天，浩叹："知我者，其天乎！"这位开门授徒为天下行仁政，培养干部，周游列国以宣传其仁—礼主义的积极入世的大儒，其实对隐遁之道也颇有研究。因为他最讲究以道事君，将出处问题视为不可夺之大节，所以他的"隐逸论"是现实关怀与终极关怀之间的一个"中庸"：

> 天下有道则见，无道则隐。邦有道，贫且贱焉，耻也；邦无道，富且贵焉，耻也。

子曰：贤者辟（避）世，其次辟地，其次辟色，其次辟言。

春秋战国像今日习言之"独联体"，"避地"是可能的（那时士子的自由流动是社会改观的一个了不起的因素）。秦以后又恢复到了普天之下莫非王土的大一统状况，则几乎只能"避色""避言"

了，因为你即使"甘心畎亩之中，憔悴江海之上"，亦不敢也。你敢明确宣布不合作，不给主子一点面子，主子就更不给你面子了。阮籍不敢拒聘，不臧否人物，不露喜愠之色终以"避色""避言"而得全。嵇康不合作，不给司马昭面子，想学阮籍不臧否人物又学不成，终蹈刃而绝。

沈约在《七贤论》中解释嵇康的遭遇是必然的："嵇生是上智之人，值天妄之日，神才高杰，故为世道所莫容。"他认为阮籍"才器宏广，亦非衰世所容。……故毁形废礼，以秽其德；崎岖入世，仅然后全。"其"崎岖入世"实是一种变相的逃遁。

不管怎么说，"隐"首先是一种存身之道。陶渊明就是怕杀伐无已灾难降到头上才去悠然见南山的。因为他不是门阀中人，挂冠而去不存在明显的不合作的刺激性，又正值混乱之秋统治权力强度不足、密度有疏漏，所以他这条漏网之鱼得返水中流。而且，他至少是个地主，有地种菊，还有酒喝（鲁迅语），有隐的条件。

没有一碗"现成饭"的读书人，就没有隐的条件。中国历史上隐逸之歌最嘹亮高亢的时代是元代，因为那帮文人绝了仕进之路反而转败为胜，像自觉要选择隐逸一样，其实他们不得不走与戏子相结合的道路，为他们写剧本、当导演、替补演员去了。他们把这叫作"大隐隐于市"，把挣碗现成饭说得美妙起来，客观上繁荣了雅文化与俗文化交融的市井文艺，成了后世文化史、文学史上的大题目。

死生之间

孔子说，"未知生，焉知死"，是犯了一个硕大无比的错误，其危害性不亚于焚书坑儒、八股取士、异族入侵、地震水灾……

尤为奇而不怪的是历代读书人并不都听孔圣人的教诲，听教诲的也不是全盘接受，譬如"以道事君""舍身取义"，能做到的不够万分之一。像马谡死背兵法，却又偏活学活用地捡出"置于死地而后生"一样，历代读书人偏偏对孔子的这个排列秩序欣然接受，活得津津有味，忘了有个死在下一刻等着他。所以，五分钱的利益也会争得舍生忘死，短暂如片的虚名也抢个你死我活。真正寻找"好题目的死"的，除了真正的大侠儒，就是革命烈士了。

贝多芬说："不知道死的人真是可怜虫！"

进入现代社会了，人类的自我意识提高了，孔子那个庸俗经验主义的秩序该倒过来：不知死，焉知生！

朱元璋连年不懈地杀贪官，而贪官的脑袋却如韭菜一样剪复生，杀得朱元璋都惶惑了：天下怎么这么多不怕死的人?!

"中国人死都不怕，还怕活吗？"于是与人奋斗其乐无穷，于是纵欲得病，输光了家产及亲情，其格言也颇豪迈：人生能有几次"搏"，以及人生能有几回醉，美酒加咖啡。

稀里糊涂地活，乱七八糟地死！

蒙田有篇文章叫《论哲学即是学死》，其中有一句话："教人怎样死即教人怎样活。"这才理清了死生之间的秩序。因为人的生命是一种向死而生的存在。

一切学问的根底似乎都在死生之间。

自持重

　　为了雕塑出"义精仁熟"（朱子语）的君子，代代都有若许"业余宰相"从乌托邦角度去养育士子的人性。像张载那样要"为天地立心，为生民立命，为往圣断绝学，为万世开太平"的思想家往往在荒村野店切磋经艺、著书立说、授徒传道。就连那不那么迷信乌托邦还会讲"帝王术"的荀子，也依然坚持理想主义的教育方针："始乎为士，终乎为圣人。"（《劝学》）荀子还在《修身》《非相》《儒效》《哀公》诸篇中，屡屡言及士—君子—圣人这个"三级跳"关系。东林君子自言体会便是要"自持重"才能"志于道"，若"自待轻"便可以无所不为了。

　　儒家士君子理论的原典非《论语》莫属。儒学宗师孔夫子将殷遗民那种"柔顺取容"的"儒道"改造成为"弘毅进取"的"新儒行"（胡适《说儒》）。孔夫子终身论述士君子问题，终身践履士君子之道。他经常告诫学生，要做"君子儒，勿为小人儒"。那么怎样才能成为君子儒（士君子）呢？最为纲领性的要求便是：

　　　　子曰：志于道，据于德，依于仁，游于艺。（《论语·述而》）

　　这不但规定士子修养的全程要目，也是中国人文传统的核心内容。

　　首先，"志于道"是强调一种承当精神。曾子所下的"士"的定义，便是对老师这句话的最好解释："士不可以不弘毅，任重而道远。仁以为己任,不亦重乎!"(《论语·泰伯》)所志之道,就是"仁为己任"。仁道,其目的不在于自我解脱,而在"推己及人"、拯救天下。孔孟是"士人政治"学说的创立者、实践者,可惜从来没有变成过现实。

第二,"据于德"的要点在于要求"以理抗势",包含"德位相称"、文行立本等做人之道。

第三,"体于仁"讲的是"自处处人"的出处之道。"己欲立而立人"的忠恕之道本是个可以引申到"公平原则""社会宽容"等方向的问题,遗憾的是没有施展这种理论的空间。

第四,"游于艺",从教育体制上说是礼、乐、射、御、书、数之六艺俱通的问题。就士子内在修养而言是个因德生智、以智成德的融贯过程,达不到"游于艺"的士,只能算半个士、枯燥乏味的"窨士"。游,不是游戏,而是达到了从必然到自由的游刃有余之游,"游于艺"才能修养出"通古今、辨然否"的理论水平,才能成为合格的"帝王师"。

成为"帝王师"是儒家士君子理论的体系的拱心石。士君子的对国家天下的最大贡献就是能使权力系统按照仁义的轨道前进,这除了"擒贼擒王"地先"教化"帝王,让他的政治路线、组织路线符合"仁政"外,别无良途。

这个设计是有效的,但也并不完全尽如"圣"意。

书斋与沙龙

晋之名士聚而论辩谈玄，唐宋名士聚而赋诗作词，元代文人"粉墨登场，偶倡优而不辞"去了。明初朱元璋实施软硬兼备的策略，一方面用八股取士，不像元代朝廷那样对读书人搞关门主义；一方面兴文字狱、腰斩文人名士，撵着读书人只走他画好的路线。明代的书院一时间背离了宋代书院自由讲学、培养思想家的教育宗旨，成了八股考试的补习班。明中叶以后思想文化界出现了自由、浪漫的新气象，出现了一批唐寅式的名士。尤其是出现了东林书院这种真正的文化沙龙，他们激浊扬清、指点江山，几乎有了相当于"在野党"的气候。可是他们被剿灭了，尽管尔后有复社出，但不得不以切磋制艺为名义了。谢国桢先生仔细研究明末文社后认为，它们数量众多，但大都以揣摩时文为宗旨，向科举制靠拢了。

清代朝廷吸取"东林乱天下"的教训，严禁结社。真正的东林式的文化沙龙终清之世没有出现过，这不能不说是清人的本事，只是扩大了规模，加大了强度、密度之类，弄得天下读书人"避席畏闻文字狱，著书都为稻粱谋""万马齐喑"罢了。

于是，便有了在荒村野店商量学问的素心人。方东树有本《国朝（清）汉学师承记》记载了那代"拾垃圾者"（本雅明形容文化人的一个褒义称谓）可歌可泣的以学术为宗教的治学事迹。有人穷得卖袄买书，有人因数学这种新学科不如人而羞愤致死，有人潜心著书、授徒，不问世事如外星人一般。

这种道性深学养高的书斋学者，固然少几分战士的威严，但他们更多地远离了奴性，既不去当八股路上的爬虫，也不去小骂大帮忙拍高级马屁。他们不想以学干政，也不追求直接的经世致用（直接的经世致用必然融入官方政治系统，顾炎武、黄宗羲尚且难逃这种怪圈，更何况那些用雷达也找不着的小文人。他们满怀着渴望被利用而不得的怨抑，其经世致用的想法，不过是读书做官梦的文饰之词而已），而是纯粹追求认知上的客观知识、纯学问。他们固然没有了魏晋名士那种"志远而疏，心放而旷"的个性风采，也没有了那份"游目骋怀""极视听之娱"之美学化的豪迈，也缺乏"托运遇于领会兮，寄余命于寸阴"的生命情调。但他们也少了几分"观念幻觉"的晕眩，也脱离了宦海风波、"命悬君手"的恐慌。他们虽清贫却清高，虽困苦却终是心魂相守的雅士。他们对文化建设的贡献只有用长时期的眼光才能打量出来。

陈继儒的经验

人有一字不识，而多诗意；一偈不参，而多禅意；一勺不濡，而多酒意；一石不晓，而多画意。淡宕故也。

从极迷处识迷，则到处醒；将难放怀一放，则万境宽。

放得俗人心下，方可为丈夫；放得丈夫心下，方名为仙佛；放得仙佛心下，方名为得道。

名衲谈禅，必执经升座，便减三分禅理。

立业建功，事事要从实地着脚；若少慕声闻，便成伪果。讲道修德，念念要从虚处立基；若稍计功效，便落尘情。

霜天闻鹤唳，雪夜听鸡鸣，得乾坤清绝之气；晴空看鸟飞，活水观鱼戏，识宇宙活泼之机。

读史要耐讹字，正如登山耐仄路，踏雪耐危桥，闲居耐俗汉，看花耐恶酒。此方得力。

必出世者，方能入世，不则世缘易坠；必入世者，方能出世，不则空趣难持。

葆真莫如少思，寡过莫如省事；善应莫如收心，解谬莫如澹志。

知天地皆逆旅，不必更求顺境；视众生皆眷属，所以转成冤家。

春山艳冶如笑，夏山苍翠如滴，秋山明净如妆，冬山惨淡如睡。

大事难事看担当，逆境顺境看襟度，临喜临怒看涵养，群行群止看识见。

才人经世，能人取世，晓人逢世，名人垂世，高人出世，达人玩世。（均摘自《小窗幽记》）

敢于绝望的勇气

鲁迅佩服的吴敬梓用他的稗说《儒林外史》展现出：八股取士、功名利禄诱惑读书人不再讲究文行出处，读书人遂变成无知无耻无价值的群体。陈寅恪在《王国维先生纪念碑》中说，盖士人读书治学为脱俗谛之桎梏、真理因得以发扬。这些人有的甚至看不见自己的工作意义及其精神的传播，但最后水落石出，他们屹立在那里，有敢于绝望的勇气。

只要不是以追求幸福为目的的庸俗的思想体系，都从"绝望"来发掘人之为人的灵魂力量。敢于把无意义这一最具毁灭性的焦虑纳入自身的最高的勇气，可称为"敢于绝望的勇气"。勇气所表现的是人被"存在—本身"的力量所攫住时的存在状态。存在状态也即是生命状态，所以绝望仍是一种生命行为，是否定中的肯定，是以否定的形式来肯定存在本身。敢于绝望，是大勇的表现；盲目乐观，则是生命力孱弱的征兆。绝望的勇气是每一种勇气中的勇气，是超越每一种勇气的勇气，是存在的勇气所能达到的边界。因为绝望的勇气接通了"神性"。只能用这绝望的勇气来反对虚无主义的实用主义之思想奴役、反对贪鄙奔竞的欲望奴役。

找不到角色

一时间，许多人不知道自己是干什么的了。"我是谁？""我要干吗？"没人告诉你，告诉了也白搭，谁信谁呀！本来每个人都具有当官的潜能大欲，因为无论是大传统还是小传统，都以当官尤其是当大官为有大志气的；而且古代中国的意识形态管理法让人觉得官是谁都可以当得了的，因为那种意识形态万能的思想文化体制每个毛孔都散发着教导人当官的法则、艺术……

"过时而不采，将随秋草黄。"没有机会时说机会，有了机会怕机会，对于"历史原因"派定的角色满腹辛酸，真去换个角色又深感徐娘半老。越因错过了大好时光、众多的机会，越要求两全其美，晚上做着拔剑出东门的壮梦，白天却抚摸着茶杯面对报纸茫然起来。

人类的生存空间狭小，许多要害的和致命的伏笔如命运般决定了你的历程和归宿。过去的伏笔规定了你今天的"态度"，明天还要为今天这个"态度"交费。"人生天地间，忽如远行客。"还没找到角色，就更谈不上端正态度，早已成了过时产品，还没开花，就枯萎了。在推销不出去的槛上成了"远行客"，活得晦气，死得窝囊。

这种尴尬尤以人文学科的莘莘学子为典型，他们本是来丰富人世间的观念，开拓人类的想象、情感疆域的，让人的精神世界宽敞、通达一些的。可是，他们受意识形态左右于前，又随意识形态退位而裹入了"空门冷巷"。他们呼唤人生价值，却迎来了自身价值的贬值；他们探求人生的意义，却被到处问"有什么用"的问号问得成了"古今难受第一，天下苦恼无双"的专业户。曾以价值为口头禅的人，改说价格，改不了口，别扭，便总说错。"玩感性"，没钱；"玩理性"，没人给钱。

其实，意识形态与人文研究像驴和马一样同类不同种。就像不能弄得全民皆政客一样，也不该全民都变成市侩。市场经济是伟大的革命，中国终于走上了唯物主义的轨道。但，人成为利益动物是不得已，作为一种观念的动物（文化的符号）却是一种宿命。所以，社会总得给人文研究一个"角色"，从事人文研究的人也终会找到自己的角色。

第七章　太极

兵法

除了赵括、马谡，没有照搬兵书打仗的。兵法是经验总结出来的决策原则，不是占卜，是思维艺术，提供可能的思路，提示可能的掌控局面的思路和利用已有元素的策略。真实的战争过程像湍流、充满蝴蝶效应，看《武经七书》之《唐李问对》就明白了《曾胡治兵语录》第十一章讲"兵机"在善于用气，巧妙在"长存有余不尽之气而已"。集体的气靠"组织"，治兵的要着在于"治气"，治气靠心法。兵法是谋定与相机的随机组合。成与败的关键在治兵。

兵法首先是治兵之法，其次才是用兵之法。治兵是组织与体制建设、治心治气的意识形态管理，用兵是典型的对策思维。治兵是政治，用兵是军事，军政一体。用兵的核心是个想到与做到的关系。万事都存在想到与做到的矛盾。治兵决定兵的临战表现，兵的行动力、执行力决定谋略能否成功地贯彻。

许多独裁者都想把天下变成自己的军营。军营式的管理与经营式的管理的不同。兵法的功能是可统称为操控的艺术、操纵的艺术（包括舆论学），权力的形式构建着操控艺术的模式，操控艺术的使用范围大于国家机器。权力和抵抗的猫鼠游戏构成太极图式的旋涡流转。

心法

战场与市场都讲究个时机、契机。对"机"的把握靠"心",不是常识意义上的知识和文化,而是"性格"的反应能力,胆识才学合成的智慧——心法。岳飞早就说过兵法之妙存乎一心。

心学是自己跟自己斗以实现自我本质的兵法,兵法是跟别人斗的心学。心学的最高境界是没有学,兵法的最高境界是不用兵——就剩下心法了。法的最高境界又是无法之法,所以心法的内核是艺术。

不妨从字源学角度展示一下"心"绝地天通的义域。杨时《龟山先生集》卷七:"'心'字左点木,右点金,上点跷尖为火,下曲钩翘起为水。"除了与土字联系不上,五行中挂了其四。还有一种直接的说法"心"字为倒"火"。还有说"协"从"心",曰"同心之和"(龤从思,同思之和)。还是来句实用的,心学大师王阳明可谓一口道尽:帝王事业也从心头做。

太极人格

太极拳是"哲(理)拳",其哲理不仅体现为与自然之道合一,尤为重要的是要求练拳者的人格契合拳理。《陈氏太极拳门规戒律》之"门尊十二严""规守二十备"等,是外在的要求,是消极的管理,根本而内在的是将拳理内在化,拳理变成本然的人生哲学,形成人拳合一的太极人格。

陈玉廷在创建太极拳时，过了"披坚执锐，扫荡群氛"的纯刚期，进入了"参透机关，识破邯郸"的恬淡期。他做人"心中常舒泰，名利总不贪"，所以他下面的话既是人生抒怀也是太极拳贯穿性的拳理法则："不忮不求""权衡相参"（《长短句》）。太极拳之阴阳互根、虚实兼到、刚柔相济，乃至于缠丝劲本身的"道理"，都是中华人文的精湛表达，亦即中华文化传统的萃要。

中华文化是人文型的（没有贯通的宗教维度）。中华文化最有技术含量的部分是医学和兵学，这两部分的精要又都浓缩于武术之中。中华武术门派纷繁，最体现天人合一、知行合一、物我合一，从而博大精深的首推太极拳。1984年，一个欧洲团来到陈家沟，亲睹亲历太极推手后，惊叹称赞："只有诞生了《老子》和《易经》的中国土地，才能创造出如此奇妙的拳法和竞技方法。"一个把太极练出来的人，就是一个活国粹。这股"粹劲"简单地说就是：醇厚虚灵。太极人文的道理可以用"质而弥光"之"至诚运动"（陈鑫《太极拳经谱》）来概括，要求"立身中正"的太极拳的拳理直到柔化刚发的技击要领都贯穿着一个中道、中行的中华之道。这种道行落实到人生姿态、人格状态，便是个醇厚虚灵。

太极人文

太极人文，是个极为"娇气"灵敏的范畴，有着极高的内在性规定，几乎是个艺术状态性的术语，太极人文里面包含的是生命艺术、生存哲学、形而上的精神原理。离开了这个内核，太极拳会变成晨练项目、表演品种、广告插图，乃至上市公司的技术产品种类。太极拳普及了，太极真髓流失了，这叫"成功异化"。

太极人文又与文学艺术中的人文不同，它是由身体行为领取、体验、表现、传播的人文，靠的是动作、身体语言，而不是群体通用的公共走廊般的符号语言。太极人文就是太极拳如金刚之暗劲及其劲路，是"稍涉虚伪，妙理难寻"的太极拳理——其基本要求是人拳合一、道术一体。太极拳是人体易学，是把《易经》的道理落实到人的五脏六腑四肢百骸，把人的气练得一派"中行"，人而体天，内外一致。太极拳是性命易理拳，用易学大道拿捏性命，通过内气内劲的运行达到自然天道合一的境界。阴阳转化、刚柔相济、虚实盈消，都是具体的方法，具体的形象，具体而微的验证。

这种人文不在"口说"，唯在亲证，不但外形动作上差之毫厘失之千里，就是对拳的心意也是容不得半点不虔诚，这也是练拳总是要求"静""敬"的根本原因，与道学家之理学要求如出一辙。不静则不能入内，不敬则怠慢这个世界和自身。若自己都怠慢自己，就别怪这个世界不把你当人了。

可以在生活中、在健身之类的活动中普及太极人文的教化功能。大而言之，正心诚意修身齐家治国平天下的全部修养功夫可一以太极而定：就是个平衡和谐。修身：生理上、心理上、精神上、人格上都要求"立身中正"；齐家：人与人关系上要求"周身一体"；治国：协调各阶级阶层的和谐，讲求"曲虚有余"；平天下：燮理阴阳、刚柔相济。古代的宰相之学就是个太极功夫，今天的商战也离不开屈己从人，以柔克刚。造势创意须粘连粘随、松活弹抖。当然这都是在比方的意义说的，而"欺敌必败，差微则亡"却是不易的拳理。"拳者，权也。"能让充满权衡分寸感的太极人文精神普及到国人的精神生活中，便可以在"传"保持住"统"了。

太极道术

　　道不远人，能得到多少道，取决于你的"德"，德者，得也。太极拳是在随时都可验证的实实在在的功夫中体现了玄而又玄的太极学说的"体操"。决定这功夫之所以是如此的道理、练成这功夫的道路，便是我们可以感觉到而且必须感觉到的"太极道术"。拳论云"练理不练力"，意谓练习太极拳最重要的是要明白道理，即太极阴阳转换中阳极生阴、阴极生阳的原理。明白了道理才能做到刚中寓柔，柔中寓刚，刚柔相济；虚极生实，实极生虚，虚实转换。心中有拳理，身上才出拳势，或者倒过来：拳练千遍其意自现，通过拳架子上身领悟拳理的玄妙。反正学练太极拳要从中学习领取练就太极拳之道：阴极生阳，阳极生阴，寻觅平衡之理，感受宇宙之自然，人体之自然，练法虽逆，却是为了复归自然。练的行为、方法等主观方面的努力、能力统可称为"德"。"太极人文"就是对这种德的一种体认。但是，光有人文精神是远远不够的，必须要有做出来、练成功的方法，包含着内在精神的方法，可以简称为"术"。

　　这是世界观与方法论统一的"术"，也是最大的术。最小的术是如何正确地盘架子的方法，譬如做好每个招式的奥秘是要"结合"得好,尊重骨骼运动的规律,发现微妙的衔接逻辑。立身中正,是大结合;虚实转换,是二结合;定势与变招之间,是三结合。只有结合得好才能够一动皆动、一静皆静,却有动中寓静、静中寓动。天下的任何道术都是个"结合术"。

"术"就是解决"怎样做成"的问题。譬如哲学上的大话:我们要"中学为体西学为用",或者反之,但是因为没有解决了怎样把体变为用的问题,所以始终是句大话。艺术乃至宗教哲学都要求"做"出来。做不来的艺术,只是异想天开而已。要想做出来,先得做起来,拳术中做不出来就是个空。能知不能行只是个不知,最为惋惜的是不得功法正确门径的盲练、痴练。要用的是太极精神来练太极。

我们可以把道术一体的太极拳理概括为:天人合一,知行合一,情景合一。太极拳术是阴阳易道的肉身化,是天人合一。太极练心、练意、练神,如不能落实到一招一式上就还是个口惠而实不至。或者是个糊弄混元腔的评论家,或者是个花腔滑拳的吃太极拳的把式,知行合一是来不得半点虚伪和骄傲的。至于情景合一,是强调心中有妙趣,外形有韵味,活泼泼充满生机,而且每一遍练习都充满艺术的不确定性。做到这三合一,就是艺术、学术、武术、心术、道术的合一,就能"日新日日新"了,最后臻达随心所欲不逾矩的化境。这三个合一,合一于心:"运用在心,此是真诀。"

太极艺术

太极是道，也是艺。由艺而入道、证道、得道、行道，是人文型中国文化（传统文化）的一个根本性特征。孔子提出"游于艺"，古代把科举考试叫作"制艺"。其实被今人无限诟病的八股文，它的写作充满了高难度的意向性要求，如代哪一位圣贤立言就要求连说话的口气也要肖似（如文题的话是子路的，在起讲之后就得像子路口气，复查卷子的一道工序是"磨堪口气"）。太极拳作为一种拳术和中国任何古老的武术一样，是与舞和巫同源的，它不仅是艺术而且是有形而上意蕴的艺术。道术一体，是道的要求更是"术"的要求。如果术不能通道，就是雕虫小技。而太极拳不讲究这个就不再是太极，而是体操了。

且从一个细节性要求说起。陈鑫在《太极拳著解》讲"着"时说：

> 每一着必思手从何处起、何处过，至何处去；外面是何处形象，里边是何劲气，要从心坎中细细过去；此着之下与下着之上，夹缝中如何承上，如何起下。必使血脉贯通，不至上下两着，看成两橛。始而一着自成一着，继而一气贯通，千百着如一着矣。（《陈氏太极拳图说》卷首）

陈氏太极拳的根本要求"练意不练力"的"意"是这样一板一眼"细细"地练的。这样细密的练在练什么、能够练出什么呢？是在通过形体的运行练内在的劲气。这内在的劲气是人原本就有的，只因后天的各种习惯把这能量流囚禁住了。就像王阳明说的"良知"、海德格尔说的"真"一样，它们本来就有，只是被我们各种不当的东西给遮蔽了。每个人都是自己的能量（良知良能）的囚徒。太极拳是至诚运动，说的也是这种"去蔽"的努力。练意就是"去蔽"。练意也是在寻找，寻找真气、真意。

必须通过正确的动作才能练意、才能练出真意，这是艺术的实践性、个体性、感觉性要求。艺术与宗教的差别至少在于艺术是必须做出来才算数，而宗教只要心里信就可以算有。太极拳术的艺术性有似于书法艺术，同样一个字，大师、名家、成手、凡夫写出来差别大如天。太极拳是妙处难与君说的线条的艺术、结合的艺术、气韵的艺术。比体操之类的人体运动艺术多出了一种"虚灵之美"。

如果说体操像油画，是"实在"的冲击，太极拳像书法是虚灵的心意运行构成的气韵感应。如做出太极拳化境之拉单鞭，左右两手神气呼应如两人照脸说话，似有两分之势，其实寓两合之神，周身空灵，一缕中气自然运行，几乎看不到虚实转换，却内劲弥漫，潇洒飘逸。着与着之间的结合，理精法密、实在细巧，顾盼之间，情景相生。一动一静，里面有情外面有景。开合收放，清静诚敬，委婉曲折，全是涵养功夫。理精法密，不偏不倚，一阴一阳都以中峰之劲运之，自然一气，刚柔具泯，一派神行。其造型美、韵律美，兼有空间艺术时间之化境的生命艺术。

它，首先当然是肉身化的，许多玄虚的哲理要求必须落实到身上，不上身。太极拳之道如黄河浩荡流，不属于你，它不是个客观的某物，你要想拥有它，必须与它同体同构，而且稍涉虚伪，便是空架闲着，只能苟且了事。其次是生成性的，拳术是一种技艺，是可以通过模仿习得的，你可以从入门到三层、五层功夫，但直到你死了，也突不破太极艺术的上限，因为它是无始无终的道。最后是意向性，太极拳意义世界的创立全部都是练拳者赋予的。如果说九层功夫的太极拳是个太极意义充满的世界，那门外汉的太极拳是太极意义缺失的世界。太极拳术的意向性就是古训说的："唯以意思运行。"

美，是意义的充满。

第八章　道德与智慧

道德

　　道与德是两，不是一。德，是人的事情；道，是天的事情。问道、闻道、证道、殉道成为人最高尚、最高级的追求。然而道无言也无情，对于人们的证殉不表态也没表情。人们的评说也只是一部分人议论另一部分人的工作。也就是说迄今人们"知道"的道，都是人说出来的，而人是能够说出任何"道"的，于是又得求救于"德"，德便成了人能否见道、行道的保证。谁来保证"德"呢？没有谁能够保证。只有人自己来保证，这个保证的工作和传统，叫人文。也就是说，道和德都是人"文"出来的。

　　道，是在那里，不增不减地在那里，等待着人们拨云见日地去发现它。而喷云吐雾的人们，往往是用遮蔽道的方式来证道、殉道，古往今来也造出了许多盛极一时的"道"。这些真诚的烈士与那些"伪士"不同，他们有"德"，但会被他们造出来的"道"捉弄（其实是被别人的德捉弄）。证道、殉道不仅需要达德，尤需要大智，智慧是道与德之间的真正的"精窍"。究天人之际、通古今之变，方是在问道育德。他如见大知微、通简得情，都是由智生德。无智，则无德。尽管少数人的智常常挑衅、挑战多数人的德，但无智难达大道。因为，道，无言；道，无形；道，无定质。只有智（绝不是小聪明）能逼近之。道，好像是"最好的球是下一个"之那个"下一个"。孔子知道这一点，所以说"朝闻道夕可死矣"，他死前也没有说是否闻到道了。老子更滑，来了一个"不可说，非常不可说"。

然，寻找道德依据的工作还是前赴后继、惊天地泣鬼神，但注定了是悲壮的徒劳。因为道德这一主体哲学的重镇，它的依据就在人自身，人们解构了上帝、结构、存在，一再返回人自身，返回到下半身，越返越不知道道德在哪里了，更别说其依据了。好像没有道德，人们娱乐起来更妩媚，与时俱进的不知道是道德还是本能了。研究"德性之后"，一如研究"德性之前"，是令人尊敬的工作，自然是对愿意尊敬他们的人而言。

道统被阴阳

理学家把儒家的人文传统美称为道统。

这个道统早就被"治统俗。"最后浓缩为"良"，阳奉阴违地变成了教科书里的"词藻"，它们成了"名"，与治统之"实"的关系形成了中国人的智慧空间：阴阳。一句话、一个举措礼俗，最后浓都有表里、阴阳。阴阳的体制与意识形态的自相矛盾造就了国人的"双重人格""双重道德"。

道统的目标是建设以道做体制保障的道德体系，从而成为不受"交换系统"影响的价值系统。这是文人的人文乌托邦，也程度不同地成了乡间礼俗，最后浓缩为"良心"。最理想的时候可以与"有道做体制保障"的宗教形成的道德比美。宗教形成的道德具有内外都神圣的权威（尽管也有反例但不是"大泽"）。没有道做保障的道德便只能拼个使用价值了。官版的道德最具有使用价值。

中国从周朝开始用道德代替了宗教，这个道德天下没用了几个世纪被"春秋无义战"打了个七零八落。战国"尚力"、秦统一于"法"，汉承秦制，又号称以孝治天下，遂形成了以后历朝历代之"阳儒阴法"结构，教育宣传系统号称"独尊儒术"，实际工作则是法家专制主义那一套，道德成了"缘饰"吏治的借口批发站。就是纯正的道德教育也没有发育出内在约束力量：圣而不神，便难奏全功。人们怕看不见的东西，但不怕隶属于知识教育系统的道德精神、哲学文化这类形而上的看不见，怕的是鬼神和命运。儒学比不过佛教的民间影响力，就因为它没有神秘力量。尽管后来人们也把道德纳入神鬼设教系统，但现实中反例太多，信与不信还是取决于人们愿意不愿意。

道统于是只在纸上，别名之曰高头讲章，但每隔三五百年出一个真信仰的，于是体统犹存。

世道与人心共同的意识元素是什么？是伦理道德的那个道德。伦理变化快，三纲五常所剩无几。道德像语言一样稳定，也像语言一样终会随着社会的变化而增减、替旧更新、意义转移。道德演变的轨迹如同艺术：一种道德境界由饱含真情实意的直接经验变成了可以想而知之、学以致用的间接套语、现成话，高贵的道德遂沦为虚渊伪薮。再对境起心，就变成作"文"了——人文之文有相当的内容是这样"作"出来的。看那些酣畅淋漓的高头讲章会以为古代是君子国呢。古代塑造了伪君子，近代以降日甚一日的生产着真小人，如今二者交感"进化"（比方章太炎先生的俱分进化），口是心非的极致便是心里想杀了你，嘴上却说爱你。

道德的使用价值扩大了，成了洗钱的钱庄，什么问题都能变成"道德话题"，这好像是道统的力量和作用，其实是一变成道德话题，就可以"打诨"（鲁迅），就可以口谈道德而旨在穿窬了。官府更会把道德作为社会矛盾的变压器，道德也的确是能够代替法律和技术的人本理由。于是，道德代替着教堂、法庭。另外，官府有官府的道德，百姓有百姓的道德；圣人有圣人的道德，流氓有流氓的道德。所谓潜规则是有道德配合的，行帮道德是力度最强大的道德。这个时候，我们不难发现，人们常说的道德只是"德"。所谓的道统只是道学的谱系、只是德统。与道通上了没有？只有天知道了。

道与德

道与心灵没有直接关系。道与心灵的关系是心灵建立的，于是人建立了各种道。《周易》图演道、《老子》形容道、《论语》敬仰道、《心经》混淆心与道，这些都是与日月同辉的道语，还有许多后浪推前浪的道语，更多邪魔外道语。因为，关系是无限的。

天道、地道、人道的关系是无限的，可以交织变换成无限的图案，人们只能感知、把握它们之间的"间性"，不能把握道本身。然而从用见体，难免瞎子摸象，堕入柏拉图说的洞穴摹影的徒劳之中。这都因为人心与天道没有"共因"（人心与天道没有共同基础，天人感应是部分人说的，天人相分也是部分人说的）。然而又必须不屈不挠地去发现、验证有限的人与无限的道的关系，因为人心与天道有"公因"：一平，二衡，三化。

道，是式与能的平衡态。金岳霖的式与能是逻辑的，这里突出平衡态是突出活的动的式能力。说道是无的时候着重了"式"，歌颂大道胜利了的时候，着重了"能"。每一种活物每天验证着的是这个式能力的平衡。这个平衡是相机而在的"在"。

式是理、能是势，理和势的平衡是常态，变革是要建立更新的平衡。平衡是关系合理的关联，不是一方压倒其余。不是永恒不变，是中和着变化着的看不见的各种元素而达成的平衡。

德，是自觉、是心觉。人发现、体证道，从而形成自觉的是智慧。智慧是利器，"身怀利器，杀心顿起"，德是平衡智的，平衡出觉、慧了是福气。这个福气一是平和的心态，二是与其他平衡因素汇合的运气。运气偶然，道也不必然。必然了就是"可道"之道了。把道说成必然，是人的需要。人言为伪，偶然与必然是西化的术语。

尽管成功需伤德，德却因成功而显。失败的德具有美学意义。

道与德之间是导窍游虚的运化。

智慧

智慧的中心词是慧。慧，如神韵的韵、美人的态，是抽象不出来的，但它在。这个韵、态、魂是"智"出来的，这是从结果上看过去的；从过程上看，其实是由于如此慧才有了这般智。慧是土壤、是生命的解悟，智是应机而生的反应。迁就习惯用法，不妨说智是理性，那么慧是非理性。智慧是理性与非理性交错成形的。

智力高，而被情、意损害得智慧全无者，比比也，那叫智而不慧。情急生智、情急无智都是有的，情，属于非理性。意志的核心部分也是非理性。智慧中包含着悲悯情怀。如果理性也有情怀，理性就变成了智慧。再譬如人们常说的神秘直觉，神父用来感知无限、绝对，商人用来感应潜在的商机，尤其是艺术智慧中非理性是冰山水下部分。智慧都是具体的、感性的、有生命的，智慧不能编程、不能量化、不能提炼成灵丹妙药的配方。这也是它和知识的区别，知识可以用教科书等大众媒介传播，智慧不能。智慧是具体通几的。几，是微妙的契机、看不见却左右着事态的间性。

在宗教系统内，意义上与绝对者在一起，智慧就是通向绝对的能力。在人间事务里，智慧就是巧妙成功的能力；在人与人的关系中，智慧不单起，是在法、势、术之内发挥作用的。艺术气质的智慧能够创造出雄强一时的政治、军事、意识形态的奇迹，譬如希特勒。但是，在更高的意义层面，独裁的"奇迹"是反智的。

智慧的意义在于：它是面对未知的、面对可能的、面对不确定之无限的。沈几《智囊叙》："宇宙一活局耳，执方引经之徒，胶一实以御百虚，知形而不知情，知理而不知数，知用而不知机，成败得失，介在呼吸，弗能转也，咨嗟愤惜而善其后，不既晚乎！"只有直觉到间性之窍，才能入道。智慧的作用和特征就是"导窍游虚"。

所谓"间性"就是这个可以游入虚的窍，俗语中的窍门、道道儿也算一种形容性的揭示。虚，是"虚无"、是看不见的存在，犹如佛教的"空"不是没有。无和空是决定有和色的。智慧就是把握住这个无中生有、有无相生的肌理的能力，从而能够"察人心之理，明变化之朕"。尤其是要占据先机，"缝祸于渺，迎祥于独"（《智囊·知微卷五》）。朕是征兆，渺是小，独是个别，能够"缝""迎"明察的要害在具有感应"几"的能力。"萌而未动者，几也，量时而为者，势也。势非至劲莫能断，几非至明莫能察"（《智囊·知微卷五》）。感应到凡俗不能感应到的信息、感悟到还不能看到的东西，才叫深识、明察。有预见才可能得机、得势、得体（把握住根本又不蔑视细故，才能做得得体）。"智生识、识生断"，判断力是基本能力。

智慧是感悟（感觉、直观）、思维（智性操作）、反应（行动）能力，是知行合一的意识状态，尤其是种应变能力。这种意识状态的水平基座是思想，形态则具有艺术性化的、不确定的。思想即心思现量；艺术即创意、不确定中建立确定的思维能力。当然，抽象的知识系统、譬如数学中的思想部分也是智慧。好思想是充满智慧的。

就理性层面而言，智慧是融合了计算运筹能力的悟性操作。"智者，知也"，必须知"到"，才有相应的判断和反应。这也是人们持续不懈地强调知己知彼、知天知地、知势知几的道理之所在。智慧的逻辑化运作是博弈术（在三方互动中做出最佳选择），智慧在实际工作中等同于谋略（妙算），是个信息、演算（理性）与直觉（非理性）交互运演的过程。智慧像艺术一样必须做出来，用不出来的或纸上谈兵，就只是高而不切的酸腔。"智者，术所以生也；术者，智所以转也。"（《智囊·术智部总叙》）术，不是简单的思维能力、思维艺术所能概括的，是需要情、意、形、势配伍参革的。

配伍，就是与他者交易。一容他者即需苟化，一有交易就含了"利用"，含了苟化。慧是能容的意思。

智无常局

　　智慧的要义是具体问题具体分析。所谓思维的最高阶段是具体，是因为：首先，感性是运思的本体，运思的最后成果是"新感性"；其次，现实感是智慧或思想、学说的精髓。抽象继承传统、死搬硬套西方往往不得精华，只得糟粕，因为丢掉了现实感。现实感是客观的整体性的，常说的局面、格局就是这个意思。智无常局，强调的是无成法可模仿，没有不变的永远有效的固定的聪明模式。

　　因为，所谓智慧是以"内符"应"外摩"，而内外双方都是运动的，互动的方式（应）也是随机的。在千变万化的大千世界中，往往智愚合体，明暗一源，充满转化、异化、变化，都在"化"之中，掌握住化的"机"才叫智慧。不然只有窝囊等死、劳而无功耗死而已。最"坑得慌"的是与道德的相互纠缠与耗损。

　　没有常局就是承认变，承认变就是没有确定，不确定就是在苟化中。苟化不是个伦理术语，尽管常常被伦理化。好像中庸，本是道语，一变成伦理术语就是圆滑的别名了。这是人造误解。

道德与智慧

　　人而无智是行尸，如同人而无德是走兽。德生智的说教连篇累牍，古代中国推崇"以恬养智""无心而合""似石而玉"的境界。古代的人格楷模通称君子，君子是生存方式像艺术品一样的人。道德与智慧的关系耗尽了古代哲人的脑筋。其实，由智生的德才是没有负面效应的德，犹如只有美学的征服才是不留遗憾的征服。智慧是可以寻真导善的。

尽管何为真善众说纷纭，智慧还是能够寻真导善的。智慧能够满足"各美其美"诸色人等的需求。小人之智固然可以济其恶，但小人无智其恶会无底、其行会更残暴野蛮。小人改邪归正也靠智，没有无智的觉悟。芸芸众生没有智慧的信仰则会走向黑暗愚昧。

标举"弃圣绝智"的老子、接着做了酣畅淋漓发挥的庄子，都向世人展示了他们的大智。首先，他们的"绝智"是大智，运用减法的智慧，丰富了智慧的形态。其次，他们的弃圣绝智是追求大善。尽管真理神话已经打破，真相也是迷密交叠，逼近真，还是靠智。真，主要是真实的信息、真正的意义。老庄二子提议开发语言文字外的智慧——默而识道，因为大道无言、大美无言。老子的智慧之所以千古不磨灭在于它以"自然"为根本意义。智慧与道德的关系是智慧的意义问题。一部《道德经》就是讲了个用如水般的智慧沟通德与道的关系，凸显出慧的直觉感悟力。

道德如山，智慧如水，山水相依，山有多高，水有多深。没有水的山是穷山。

同样的，愚与庸德相连，暗与俗情相生。愚和暗是非智慧的两种常态。庸德和俗情是人文中国的"水文"部分，高德大情则是其"天文"部分。

见大

冯梦龙在《智囊》中列见大为上智。见大的特征是找准了问题的要害和关键，抓住了隐秘的逻辑，从而能够"激发天下大机括"。譬如刘邦为了讨伐项羽，说项羽杀了天下人共立的义帝，刘邦偏偏让三军缟素为义帝发丧。这种再创造的召唤，利用了民众的持留记忆和期望意识，激活了积淀之链，建立起新的"入迷关系"。满洲人入关也是用的这一招：给崇祯皇帝报大仇！历史人物提出战略口号，定天下大计需要有对历史的知觉才能找到感觉，并提出让追随者也能找到感觉的口号。这其中道德是被利用的因素，他们讲究的是"道德"，但他们未必也可以不必道德。

见识与道德的关系不是因果关系，而是"结合"关系，这个结合，不是什么互动、共生之类的现成话能够打发的。结合是一种"行为"关系、是知觉—加工的意识"结构"的张力在随机反射、应答。"此刻不知下刻的命"是说环境的叵测，其实更叵测的是人的意识的波动、变动，此刻不知下刻怎么变！这个时候，见大就是能够舍小取大，然后是小中见大，最后才是有雅量、持大体，以及忍小耻以就大业之类。

不难看出，用谋略的人在玩一种"替代"游戏，利用的正是人们的苟且心理。用的人、被用的人、挨了用的人都是在对付。对付得了手，就叫"见大"之类，没有得了手就名之曰苟且了。

变

变，是时间的现身；变，是结构的现形；变，是拒绝抽象的现象的绽现。现象学之现象的魅力在于变、不预定、不确定的变。"变能穷智，智复不穷于变。"（冯梦龙《智囊》）人的智既是变的应对，也是与变"结合"出来的行为。所有的现象都是结合出来的，但结合不只是现象，还是变的动力和深层结构。时变，其实是中国哲学的本体论：通过自身的自然表达揭示了身外的自然。与时俱变者，道；与时俱化（庄子）者，道学（不是器学）。

生生不息者变，自强不息者化。

"只能是命运"是一种解释；从不信命是一种行为。因为不信命是在努力把握变的可变因素，还在大化中坚持以待变数。认了命就是在等待命运的安排了。然而，有时候等待却能得到，去竞奔的却没有得到，这叫变数。

唯有变是不变的，所有的问题都是一个"组织及其变数"的问题。就连组织也是变成的，还会变下去。

变的过程和结果都包含着苟化。苟学乃变论。

君子小人

君子小人都是变成的。即使有天生的性情基础，也是因势而变、与时俱变，最后盖棺定论。一日不死就有转向的可能。性格决定情节的发展是一方面，情节是性格的历史是另一方面，没有册子上预定好的。根据良知学原理，好像没有天生的小人。这也只是方便说法，为了理论的纯粹。其实，有天生心术不正的，能否成为让人知道的小人只看天时、地利、潮流是否给了他机遇。君子则是内铄的，不是外援供养出来的。君子的外缘是教育，没有抽象的教育，也有教育出小人的教育，譬如唯利是图的社会教育、成者王侯败者贼的历史教育。

人们最不愿意看到的是君子无用、小人有用这个常规现象。这是中国人通用的实用主义。这个实用主义抹杀了历代圣贤培养君子的努力。在西方，尼采的权力意志呼唤的是英雄气概的小人，商业文明乃至博弈游戏中的理性人假设呼唤的是牟利型的小人。这是合理小人主义，尼采主张的是超常小人主义。全球化就是合理小人主义化。艺术，尤其是大众艺术在配合着这种合理小人主义。这也是西方法制的精髓：对人性的预设是恶，针对这个恶，衍生出一系列规定，就是法规了，于是就有了程序公正、事实上不公正的诸多案例。

西方是先小人，古代中国是先君子，都留下了"罄竹难书"的弊和病。有没有一个"恰好"的办法？没有。因为，人是都想自己恰好的，每个人都有自己的理由。至于利益驱动、利益最大化，则是自然法了。君子和小人的区别在于，君子以义为大利，小人在义利之辨上是只重利害不重是非，是不承认义大于利的。小人的理性是为了"下次"还有利可图。君子以义为利，就"保守"，就不善变化。小人是变来变去的，是随着条件和形势的变化而变化的，而且小人往往智高过君子，所谓"下下人有上上智"。但小人就是"见小"，只顾自己投机得利，不顾别人的死活和大局的损失。他们以为自己趋了利，赶上了潮流，结果潮流本身变成了逆流。同样，造化也捉弄君子，君子恪守的道义被潮流给"涮"了的事例更是史不绝书。

君子是理想主义者，小人是因虚无而实用主义者。智者是宗教级别的虚无主义者："看透了"了历史的荒诞，看透了人性的荒谬，也看透了宗教的绝对化的披着温馨外衣的跋扈。

君子都是忍让出来的，小人都是无耻出来的。忍让和无耻，不是苟且的两极么？也就是说，苟且出君子、也出小人。无耻的要点在过分。

小人好尽

小人极尽权变之能事却缺乏权变的根本精神——兼容和圆融。小人的权变也是走极端的，小人的权变是为了得到权力而没有原则地翻手为云覆手为雨，不是真正的通权达变。更准确地说，小人的特点是不含糊不苟且、是恶人闲不住、是不实现自己的权力意志不罢休、是好极端走到尽头。

冯梦龙对小人有这样的概括："心达而险、行僻而坚、言伪而辨、记丑而博、顺非而泽。"（《见大卷一》）达，就是没有标准，什么都行。要什么有什么、需要什么上什么。这也是智者、圣贤具有的能力。区别在于，小人"险"，不但阴险，而且没有顾忌，没有他怕的只有他想要的。"心达而险"的一个表浅的特征就是翻脸不认人，"达"得没有底线没有边界，翻手为云覆手为雨。"僻"是另类的意思，常说的怪怪的。天才也可以是或者说常常是怪怪的，人们追求个性以来，"僻"不足以刻画小人的特征了。"坚"是刚强化的意思。古代中国是铲除个性的，所以"行僻而坚"者往往会成为多数人的公敌。说句公道话，小人中行僻而坚者当是有标准有原则的小人了，是可以推测他下一步动作的小人，是小人中有操守的了。小人的可怕之处是无法推测他下一步能够搞出什么鬼花样。"言伪而辨"的辨是强辩，与木讷近仁相反。"记丑"是说小人念怨不休，用陈继儒《小窗幽记》的话说则是："闻人善，则疑之；闻人恶，则信之。此满腔杀机也。"在整天以整人为政治的古代极权体制里的号称"活档案"的那类人就是"记丑而博"。至于"顺非而泽"则是个总体性的后果：小人就是逆是顺非之人，他们顺非是为了占尽便宜，所有的油水（泽）归自己，所有的祸害归别人。

当然更多的小人则是：浅噪、意荒、触目迷津、俗肠如固等。浅噪，就是今人常说的浮躁，小人多是"浮躁的狼"，他们的欲望写在脸上，往往是赤裸裸的贪得无厌。浅噪的小人有点好处就是不阴险，他们的噪不是直，而是轻狂。浅，则是只有自私而已。意荒，是没有信仰，没有坚持，没有精神。触目迷津是极容易被诱惑被迷惑。俗肠如固是人类的通病，不单单是小人的特征。

古人说："智由性出，诈以习成。"是在强调保住了善根就有了智端，否则在习俗中染上了狡猾，智就不叫智就叫诈了。同样是智力，也有微妙的差别。譬如说，"君子善谋，小人善意"。君子是面对事情去谋划、实事求是地琢磨事的；小人则是以意为之的揣测、意度、靠鬼点子侥幸。

小人再阴险狡诈、野心再大，也是"见小"，见小是图利。小人自私，小人的野心不叫理想和志气；不但见小而且"量小"，量，是容人不容人问题。"见"由"识"来，识不仅来源于品质，更来源于视野、来源于学习。"眼光"是怎么形成的呢？眼光由心量而定。

道德修养，如不吝改过、不使性遂非，才能有雅量、持大体，从而能够达人之情、尽人之用。

智慧的分类

据说，"圣无死地，贤无败局。"圣和贤都是德智和谐出美来的人。

德，难言哉，只要是德就包含着不得不的因化圆融。智，仅冯梦龙在《智囊》关于智慧的分类就列举了：

见大：能从大处着眼、能够小中见大。

远犹：极强的预见性。

通简：通脱潇洒、化繁为简。

迎刃：方法得当，使难题迎刃而解。

知微：见微知著、直觉过人。

亿中：料事能中。

剖疑：能将纷纭的疑团剖析得明明白白。

经务：能够做成事情。

得情：能够发现问题的关键、破除假象了解实情。

诘奸：摘伏发奸，挖出潜藏的奸细、奸人、阴谋。

识断：见识高、判断力好。

委蛇：会装孙子，先哭后笑，在和光同尘中顺利达到自己的目的，还号称出淤泥而不染。

谬数：变通取胜，形式上不合理，事实上合理。相当于程序不公正事实上公正了。

权奇：权变、出奇制胜。

灵变：相当于三十六计的假痴不癫、装疯卖傻、制造假象。

应卒：应付突发事变的能力。

敏悟：机敏、悟性好。

不战：不战而胜。

利用地形地物达到克敌制胜，你死我活。

所有的智都包含着"因"（因字诀），因势利导、因循得免、因是顺的意思。顺，是化的出发点和目标。人活着是要千方百计地弄出个"顺"来的。

苟学

苟化发生学：要不咋办？还能咋样？因为"人性"中的贪婪和怯懦，也因为人性中的高尚、善良和软弱。

苟化认识论：不敢自以为是、敢于苟同不同意见。讲究"对待"。如果没有耦合虚灵的精神追求、形而上意欲，检验真理的标准就只好是多数人的合适了。

苟化生存经：姑息为善、与人为善，争取大家都是好东西。苟化者未必都能中了行，苟化者也未必都是乡愿。承认相害并育、相悖并行、相反相因的"代错"延续、随流见得的易道。妥当就好。

苟化博弈诀：当（装）孙子最赚，以无作为的不变应万变，事久自然明。

苟化心理学：这回可省事了。

苟化伦理学：舒服。因此重复再重复。

苟化的哲学原理就是：一分为三、一在二中；相反的恰恰是相同的，"相夺互通""凡是存在的就是合理的"；要包容，世界是大家的；物极必反，能对付尽量对付，消解你死我活的斗争哲学。

苟且

苟且是生命之"黏"。习惯之黏性隧道由苟且造就。圆融是中庸，圆滑用苟且，苟且如乡愿，苟且生窝囊。圆融是把两难做成了两可，是"执两用中"，确实两全其美了。圆滑是想把所有的难都转变成别人的难，自己入水不湿入火不热，用苟且拖延术。和稀泥、两面光，都貌似中庸圆融，却只是乡愿圆滑而已。想装孙子却当了孙子，成了两头受气、里外不是人的窝囊"好蛋"。结果是：自误误人，是把不算人当成活得"赚"。

苟且对环境叫作无作为、躲着活，苟且对自己叫作放纵、溺陷。苟且是一种因无能而虚无的实用主义、以苟且为理想的理想主义。苟且具有战无不胜的祖传道德的包装。中国的实际流行的人生哲学就是众人嘴上的道德，这个道德养育了苟且，尽管纯粹的理论上的道德要求的是大丈夫。道德是纯粹的主体哲学，而苟且是磨平主体的主体选择。磨平了主体就符合了众人嘴上的道德，毋宁说许多苟且是迁就"学习"迎合了这种道德。有了苟且就无所不有了。苟且，常常不会玩阴阳、目笑心非，而是懵懂，随随便便就认了。苟且，是个性没有内容的自私。

苟且，是不用下决心而决心把无价值进行到底。如同撒谎是怕人不怕上帝，苟且是怕活不怕死。不是见义勇为那种不怕死，是不知道有个死在裹着，只见活不见死，只计得不计失，真的死到临头就"千古艰难唯一死"了。苟且以揩油为目标，以能够揩到油为幸福，苟且的小算盘是揩油的艺术，苟且是在不义面前闭上眼睛。因此，苟且就是良知睡着了。倒过来，苟且者最爱标榜自己的天地良心。

苟且，也不拼命地去竞争、干求，也不拼命地去媚俗、巴结，多半是因无能、没机会而表现出——懒得。因媚俗无能、巴结无力而标榜安于现状。苟且妥协的不是规则、潜规则，而是默认了意志无能、窃喜能够如此庸碌无为，这种"偷"是偷懒的偷。因为偷的是懒而不是钱，所以显得比生狼的竞争、无耻无厌的索取计较合乎道德：安分守己，还足够知足常乐、乐天顺命。

苟且不同于屈服。屈服，压着痛苦和仇恨，苟且是委曲求全已经习惯成自然。苟且利用敷衍但也不是敷衍本身。敷衍是不担心、不动心的得过且过，敷衍的对象是别人，苟且是心知肚明的苦挨岁月，消耗的是自己。撒谎、扯淡是糊弄别人，苟且是糊弄自己：根本的不在乎，在乎的都是眼前，常常苟且却没有偷得生，只偷了一个生不如死，得过且过得满目疮痍。

乱世苟且表现为无原则无底线的忍受；消费时代，苟且表现为浮薄，把丰富的感觉用于无限的生理、物质感受。其降低生命尊严、或被迫或自觉地接近动物远离人，是一样的。苟且最能暴露人性的软弱无能：意志无能、爱无能、恨无能，自个儿活埋自个儿不心疼。苟且是讨好加自虐，习惯成自然。

委曲求全未必皆苟且。把两难做成两可是雄杰，如鲁迅之"托尼学说、魏晋文章"；把两可做成两难是苟且，如苦茶庵主人那"半是出家半在家"。

苟且的反义词是狠戾。

苟化

精神胜利法的运作肌理是苟化。精神胜利法的上线是古往今来所有的主体哲学，下线是以阿Q为代表的转败为胜的心法。主体哲学貌似极端其实也是对卑微自我的转败为胜，脆弱的芦苇偏要来为万物立法。这种一己之我无限扩张姿态是对主体一厢情愿之情绪的妥协，是没有能力有效地克服外在压抑转而容忍自己的任性。苟且的基本义是迁就、容忍。容忍、迁就是人的宿命。有人高尚地这样做，有人无奈地这样做，有人卑鄙地这样做。如果不急于从伦理上判断区分，就很容易明白有容乃大是正确的宇宙观。

作为哲学级别的苟化是对悖论游戏的消极应对。这个世界总在验证苟化是最合适的，因为物极必反。历史总是一再证明极端就是棒槌，无论多么纯洁高尚、多么崇高无畏。苟化是走极端之斗争哲学的克星。苟化是平衡法则的无能的验证。苟化是庸言谨行的外衣，苟化是古老心术"因字诀"的性格化。哲学级别的苟化的人格类型是古希腊的犬儒学派的那些代表人物。中国"苟学"的人格标兵，我首推自认"累累如丧家之狗"的孔夫子和"齐得丧"的庄子。其次，魏晋名士是苟学之美的群像。最后，"一双学士眼、半个配军头"的苏东坡的"旷达"也是苟学的结晶。再如《儒林外史》中的杜少卿一派"不在乎"到底。这类哲人、文人都在苟化中"活出来"了美学。他们先"认信失败"，然后自由逍遥。自然也拯救，但不强持强行，顺手能救一个是一个。

普通人苟且的好处是"让人一步自己宽"，可以防止偏激过头化，可以延缓误解的能量发作，能够克服自杀倾向。若能随流得妙、随流见得则掌握了"苟化"的真谛：圆以方成，苟化才能适可。

最录《东西均》

均，是塑造陶器毛坯的转盘，圆如太极，转动成型器。以无成有、以有体无，方以智叫它"轮尊"："轮尊无对而轮于对中。"轮尊是均道的象征，传无生法忍（佛学术语：信难信之理而不惑，曰忍；安住于无生无灭之理而无碍不退，曰无生法忍）而得生之大用。何以如此？答曰："东西互济，反因对治，而坐收无为之治，无我、无无我，圆三化四，不居一名。"

方以智在《易余·小引》中概括自己的学说就是："因二、围三、旋四、中五。"不可以以无过无不及为中，不可以不在两边为中，要全均、真均、无均。奥秘在于对立圆融、即异即同、大随即是本无。中者不变而随变，为时中。几在阴阳、动静或一切对立之间。知几，则可不待两边、不坏两边、不落两边。随俗见信其有，以智见知其空，贯有空而圆融。冥应双超。

众妙之门即众祸之门。意起识藏，传送而分别。本一而歧出，其出百变，概谓之知。心乃性化情不化之纠缠所。佛心，佛也；佛法，魔也。私心横行，功立而身废，事成而家败。尽心乃能知送，唯送死可以当大事。化者，无事而有事也。且者，初有事而若无事也。能人为门，与贾且者，久而善贾；与道且者，渐而顿开。始乎引，中乎变，究乎随。化字由"正人"与"倒人"构成，寓生死之道。相害者乃并育也，相悖者乃并行也。害乃并育之几，悖乃并行之几。几，事之微。

无知即知，无意即诚意。皆备之我，即无我之我；克己之己，即由己之己。于时解脱，于时担荷。性善，情恶，无意为之则善，有意为之则恶。天顺而有节，人顺则下流。权者，无可无不可之至衡也。知衡者，知太平矣。源善而流恶，善少而恶多。圣人体善而用恶。以用救用，道岂可少哉。体从用见，不落两头，并不落其不落矣。知生死，生死小矣。不舍则不能胜，不空则不能舍，不险则不能空。

世人不识奇庸相反相因交轮之几，不为奇缚，便落庸网。识几者能奇其庸而庸其奇、奇其语而庸其心。以奇虚而骄庸实者大错特错。好奇者必不能心空，以名鬼缚之也；好庸者亦不能心空，以缩鬼缚之也。以虚自处，以实待人。仲尼不为己甚，佛善用己甚。打翻三谛，全体滚用。虚心得全。虚易而实难。大悟者以学为养。天在地中，性在学问中。寡天无地，乃死天也。学道之人守住净妙境界，即是恶知恶见。

无者，天垂气之象也。心生曰性，情由性地发生，性因情显。仁为生意，故有相通、相贯、相爱之义。同者，通也。无妄曰诚，自成也。道者，指共由之路。名者，命也。性情，心灵之气。由性而成习，有习遂成生。学乃"回习还天"之药。道外无艺、艺外无道，成能者艺，所以能者道。消归一心，随他一切相而无相矣。欲享张一弛三之用，须立张三弛一之法。

巍巍乎，大哉！把《东西均》这些道理琢磨明白，我们就是个明白人了。

奴性

讨好成了素质，巴结成了本能，迎合成了习惯性姿势，想与处境和自身都讨得个好。讨好与行好，貌似而有本质差异。与先当孙子后当爷之"装孙子"不同，装，是表演，是计算，是蛮辛苦的勾当。奴性的讨好，是血管里流血很自然、很安舒，很惬意。奴性没有超拔于现实之上的精神，有的是迎合讨好的神经。虽有丰富的伺候人的察言观色的理解力，但是自己没有人格也就不能够尊重别人的人格。因为没有人格纵深，只是得过且过、苟且偷生。奴性营造的和谐融洽，与教养产生的沟通不同，有教养的沟通印证着"交往理性"。奴性的顺从则没有标准、没有原则、没有是非观念，只想趋利避害，只用讨来得个好。奴性是没有意志的意志。奴性是最安全最安逸的生存姿态，它除了活埋尊严、庸庸碌碌、虚度一生，没有别的不好。

奴性能够对处境的无条件适应、讨得好讨不得好都继续讨好下去，还有一套化痛苦为力量的逻辑。陀思妥耶夫斯基在《罪与罚》中感叹：人最卑鄙，什么都能习惯。普希金说：上帝没有给人幸福，习惯就是幸福。"习惯"这个黏性隧道像繁殖细菌一样培育着奴性。奴性是人格腐败，人性窳败也在习惯中繁殖这种腐败、窳败。环境的要害是权和钱，金钱比极权奴役人的方式方法貌似人性化一点：让人自愿并利用人的无意识。极权的奴役则是强迫、用意识形态机制把强迫变成愿意。在将情感变成工具让自己繁殖自己的奴性这一点，二者异曲同工。

譬如自觉、拘谨就貌似奴性。它们也有相通的机制和可能，但前者保护尊严，后者贬损尊严。再譬如真诚一旦成了愚忠就有了奴性。本来"行好"非"讨好"，但常常混淆。善良没有了底何尝不是对善念的愚执？对"好"的愚执也是"执"——执着的本质其实是奴性。善良，一容易糊涂，二容易奴性，但本质的区别是：善良自重，也让人尊重。奴性是自小，善良是觉得别人大却用不着自己小。真诚是把别人和自己的话都当成话，奴性不把自己的话当话，因为他没有自己，尽管时时处处是为了自己。自己是这样因"无"而无限着：与强权者一样，当好奴才的要求和需要也是没完没了的。

突破口在全面开发智慧对于道德的建设作用。人无智是行尸，行尸是肉的奴隶。连对自己肉身的理解也来自"从来如此""大家如此"的固有观念。没有智慧，可怜得死无葬身之地。知识对意志的作用也许是间接的，智慧应该是直接的。

奴性的反义词是个性。奴性消灭的是自由。林肯说："一个人习惯了束缚和枷锁，就很难解脱。"

奴性会做"平庸的恶"。

奴性，就是只有苟且而没有苟化。

妩媚

妩媚是一种轻，是生命中愿意承受的那种轻，至于承受得了与否，是多事的研究家的事情，与追逐、展示、享受妩媚者无干。在我这样研究妩媚的清晨，那些享受妩媚的人正在妩媚着，譬如相爱的人睡眼惺忪地看了看外面的天色，相视而笑。这妩媚是轻扬的启动和润滑，一如醉汉脸上的笑，它属于不如此则永远不懂的"体知"。这种轻的世俗表现是超越常情的示好，妩媚者与其欲望那种和谐，产生了人类持续不懈的对轻的喜乐、沉湎，妩媚变成了对妩媚的努力。

人的各种努力都是在"媚"，信仰是媚神，求名逐利是媚名利。媚是由群居派生出来的"亲和伦理"。媚出轻松和余裕就"妩"了，就"煞是好看"了。古装戏里张飞、李逵用了计策后的得意是妩媚的，生活中小儿得饼后的舒心与惬意是妩媚的。妩与否，看"舞起来舞不起来"。

妩出媚来在因巧生了妙。从佳人巧笑到外交分合转身，凡是包含了动人之妙的都有着艺术的轻灵。"妩"转化了旧有的线路，别开了新机意趣，就生出了"媚"，像绝处逢生的禅宗机趣。后人读不懂那些话头、公案，是因为丧失了直觉条件，单是逻辑推导，就剩下毫厘千里的猜谜游戏。用逻辑分析观赏妩媚，如同用放射线透视杨贵妃那回眸一笑，不能看到百媚，只能看到白骨。没有直觉，舞而难妩，"妩"而不媚，"媚"了也无人识取。巧，不能程式了；妙，不许模式化。因巧生的妙虽然都是一次性的、一过性的，但人类的直觉，恰如柏格森发现的，是绵延的长河。每个人都有机遇直觉到"江月何年初照人"。当然，我再来说"面朝大海，春暖花开"，就比东施效颦还俗气。妩媚的敌人是俗气，媚俗得手须通过妩媚，而妩媚的杀手是媚俗。

妩媚是个体化的情态、状态，因而不绝对，只相对。相对于难看的哭来说，笑是妩媚的，尽管有的人有时候的笑比哭还难看。相对于密宗的诡异，显宗是妩媚的；相对于律宗的严苛，禅宗是妩媚的。律宗在戒持中修行，禅宗在会意中觉悟。写哲学讲义的宋诗是生硬的，纾解内心并有民歌余韵的唐诗是妩媚的。西洋艺术或媚神，寻觅神性或追逐欲望、展现本能，都难妩媚上身。瓦格纳想妩媚一点，遭到尼采绝情绝义的批判，最可往妩媚上说的古希腊雕塑妩而不媚，还有蒙娜丽莎因不知道、不想妩媚谁而绽出那种笑。相对于西洋洋溢着体育力学精神的艺术，中国文人感悟式的艺术是妩媚的。中国高级的妩媚境界中都渗透着孤、秃，孤而不绝、秃而不枯，是辅佐妩媚不甜俗的黄金分割"度"，这是中华道术的"而字诀"，譬如"乐而不淫，哀而不伤"。

最动人的妩媚，是亲情自然流露的柔媚。比如鲁迅论证"无情未必真豪杰"时，所举的老虎时时回头看孩子的例子；爷爷对孙儿那一笑，胜过徐志摩发现的那一低首的温柔。亲情如良知，谁都不说自己缺少之。于是，妩媚这种轻，以其"惠而不费"之好，成了最能拖住人的重。

如此种种，如此这般，形成了中国文化及其传统的妩媚性。心喜妩媚，眷恋传统；眷恋传统，心喜妩媚。传统与现在互生共长、二而一。人们寻找传统是在找一种心安理得的眉目传情的优雅。妩媚是阴性的，阴性是个"因无用有"的空——从最丑的一句"英雄难过美人关"到最美的一句"艺术是人的精神家园"，都刻画着人人、代代的填空运动。国民性的性征是媚性，傲骨人见人嫌，媚骨处处生春。这人人参与而成的传统，像种子、气候、土壤，培育了人之柔善、亲和；小苦难撒大娇，大苦难来了还能照样活着。如果只取一个人格标本来凸显本质，我取贾宝玉，脂砚斋说"玉兄一生只是体贴功夫"，宝玉比肉欲主义的贾琏们妩媚，肉欲主义者们只办到了个"酷"。体贴就是"媚"，也是我们一向所说的中国的人文精神。

功利主义的人们能把任何东西兵法化，妩媚自然有一串兵马俑，如：西施做间谍，昭君和了亲，貂蝉实现了连环计，杨玉环当了替罪羊。孟子怒斥不以正道辅佐君主的是在行"妾妇之道"，荀子教李斯他们"固宠术"。

要一口说尽中国人的生活艺术，就是个侍弄妩媚。从对花草的侍弄、金鱼京巴的豢养到老人修炼书法、在家修行，相逢开口笑，多磕头少说话，就是有胜负的划拳的发刊词是"哥俩好"。各种武侠文体最下功夫经营的从而也最感人的是大侠的妩媚：所谓的侠骨柔情箫与剑。剑是兵器中的妩媚者。春秋大刀、断魂枪、板斧都是杀人的家伙，唯剑有书卷气、装饰性，连贫寒的杜甫在自画像还在标榜哀叹自己"书剑飘零"。

妩媚的反义词不是阳刚之类，而是混账。混账不妩媚，阳刚可以阳得妩刚得媚。妩媚的内里是慧和惠，能够自悦悦人。妩媚的反方向努力是超然，尤其是主动的弃绝，弃绝是为了与绝对者同一而离开相对的一切。滚滚红尘、芸芸诸公，能弃绝者凤毛麟角。妩媚是一种轻松的苟化，或者说苟化出来了轻松的状态。妩媚是苟化的美、苟化得美。

　　妩媚的生产线是感觉，感觉因会生产妩媚而被人挂在嘴边，成了招摇的招牌。

附　录

"误解论" 提纲

小引：

一个人是他的不幸的总和，而误解是你的不幸。

只有一个东西伴我们终生，那就是误解。

构成围城运动的正是误解。

误解是人类生活、思维的细胞，它贯穿于所有有主体行为的过程中。

哲学是关于思维的思维，误解正是这种意义上的哲学。然而思维总是具体的，总是在受主体所处情景影响的。优秀的逻辑学家在日常闲谈中犯逻辑错误，说明还有比逻辑更为细胞化的东西，这个东西当是思维逻辑。

说思维逻辑是形式逻辑加文化心理，貌似不辞，其实它真实存在。形式逻辑的谬误是可以指证、消除的，而误解是不可消除的，因此它才构成生存论级别的问题。问题域的形成受制约于言说者的生存境遇、知识背景、不能忽略不计的时代精神。我所处的时代是个消解精英、瓦解传统、摆脱意识形态的个我多元化、从而失去意识共同体，不再有人人共奉同趋合法的主义叙述的"伪自由时代"——这是所谓文坛学界的情况。社会情况则是工商时代终于到来，资本迫使每个人都具有了工商气质。现代化或曰现代性对于历史有万种好处，大端是推进了自由民主的过程、推进了科学和财富的增长，对于具有工具理性的社会科学学科如社会学、经济学，对于可以转化为权力的任何知识学都有巨大的消解性、摧毁性。但工商时代裹挟着实用主义的虚无主义、自私短视的功利主义将人性全面解构，将人的灵性全面遮蔽。这种虚无主义与功利主义作为前一阶段之伪理想主义、英雄主义的反驳，从而还与这两样东西糅合在一起。

导致误解的原因，误解产生的现象，消除误解的"术学"，是本论的三个组成部分。寻找民族精神出路是我未说出来的目的。

人类总有一些根本性的痼疾，福楼拜揭发愚蠢，昆德拉揭发媚俗，我来揭发误解。对于能否走出误解不做宿命论的展望。

形成误解的主观原因：

第一，匮乏。个体在本体论上的无根基处境决定了个体的生存悖论，这个无根基性是每个人都难脱匮乏这陷阱的总根源匮乏生成欲望，包括宗教、情教等。

匮乏包括无知、无爱、无信心、无耻、无才、无情（尽管多情更易多误解）、无钱（用命换钱，被迫令人同情，故意令人绝望）。当然这几无的反面也都生误解。

西方消除误解的主要思维武器是现象学，东方的则是佛学，我兼资并采。

第二，局限。人性的局限，认知的局限，社会的局限，环境的局限，智术上的局限。

第三，被动。一个被动的情感乃是一个混淆的观念。（斯宾诺莎《伦理学》）

人的心理观念无非是乐观、悲观、慈观、不净观，都会滋生误解。唯"中观"不生误解。但中观与中庸一样是凡人不可能的。

误解无论什么背景，最后总是落实为一种认识。只有认识环节的误解是可以分析，并通过改进思维能力而加以改善的。思想是一种能力。

误解的根源在于：凡是"解"都是主客体之间的一种意向的达成，它必须同时接受双方的指令、暗示，这使主客符合论的真理观大受反讽，此其一。其二，双方都在变，测量对象、测量者测量条件都在变，于是形成不确定性和测不准性。

形成误解的客观原因则几乎不可归纳。不自由的境遇导致误解自由则使误解更花样多些而已。大道默默，是个黑箱，天下无自明之物。意义无本源，是预设的话语操作。在大道面前，人的智量是微不足道的。

总而言之，人是可怜的动物，既无法认识客体自然，也无法认识同类，尤不能认识自己。误解，是欲望与能力之间不谐调的总账，误解根源于无能。当我们说人的能力是有限的，就在承认误解是不可避免的了。

误解都发生在思维和语言之中。语言痛苦是人生的基本痛苦。语言导致人之异化的悲剧——人选出来的东西反而置人于无奈之境。

误解定律：

首先，每一个小误解都在一个大误解中。

其次，误解都是符应不当。误解就是思维与对象不符应。对象是运动的思维也是运动的，两个运动的要恰切地符应需要多么巧妙的契合，而不符应却是又多么的容易？符是符合，应是应答。常常是瞄不准、应不对、应不及。

常见思维致误的表现：

第一，联觉出错、联念未通、联想出错；识力不正（真）；

第二，高估低计，误判（断）、误推（理）、误观（念）。

第三，真假难辨，叵测难明。阴谋诡计中布置的误解、智斗中的误解。

说白了，隔膜是人与人之间误解的总基础，因为：子非我、爱无能、自私、敌视。

误解是意识的规律：人们总是不能正确思维的，所以误解反而是规律。人对自然的误解、人对社会的误解、人对自己的误解、人对人的作品（学科、宗教、艺术、国家）的误解。无解不误。判断失误，推理过当，观念不对。

无人不冤，无情不孽。"冤"的内核是误解及对误解的利用。被冤的人有误解，冤人的人也有误解。明白，难于上青天。"比例错"（鲁迅）是思维方法问题。性格决定情节发展。性情是思维的土壤。

思维的工具不应该只是语言。思辨也有非语言、非逻辑的状态。"感觉"的非语言因素有多少呢？感觉有多少能翻译成语言呢？感觉的误区怎样辨析呢？辨析的样态和结果又怎样验证呢？话题变成了怎样正确感觉正确思考正确谈论了？成了如何改进心识现量的问题？

正解单调，误解富饶；

心理事理错综交纠；相反者互成。

误解现象可分为如下几类。

一个可感受的分类就是有益的误解、有害的误解。有益有害的标准，首先就是个充满误解的领域。应该说没有一个"合法"的不证自明的标准。当我说最重要的一条是看其对人性的作用是否有益时，马上就有反论：人性不过是短暂的市民协议，人性是个开放系统，是日新日日新的东西。历史上有许多以人性的名义摧残人性的时期。说自由自觉的活动是人性的基本定义，但历史上假借自由的名义施虐的罪行罄竹难书。

名实不符、知行歧出是个人"问题"的总账，社会性的问题则复杂得多。

不能依据任何主义的人性论，也不能依据自然人性论。又不能不依据人性论。

个人视角：

一是政治欲求中的误解。

二是经济欲求中的误解。

三是文化欲求中的误解。

四是伦理欲求中的误解。

尼采说婚姻是额外的税务负担、兵役负担，并附有对子女的保险条款。他又说道德是傻气的体面形式，是种有用的错误，是我们最大的误解。尼采的这些话也是一串误解。

五是心理欲求的误解。

随心所欲的误解，是人们的常态。"按说"，"我以为"，错觉、偏见、虚荣等。

人作为时间的存在在事实上一无所有，人却偏要拥有一切。于是佛教成为破解误解的主药。

无耻之中有无误解？也有的，只是显得更无耻而已。自私而不要脸的人有无误解？也是有的，盖因为自我中心，总觉得天底下所有的人都有伺候自己的义务。这种人往往又奴才，一旦在自己有要求时也会伏低做小，二重人格，乃至多重人格，终究是奴才。真正的问题是为什么不能消灭这种人和这种现象？单靠一种东西，无论制度还是文化都不可能消灭它。道德对于不讲道德的人没有制约能力是人类的永恒难题。法律又根本不管这类问题。

六是美学中的误解。

喜剧是误中缘，悲剧是误中错。

整体视角：

一是历史领域中的误解。

二是理论领域中的误解。尼采说，真理就是谬种。有各式各样的误解，因此就有各式各样的"真理"，于是也就没有什么真理。

最大的问题是对理性的迷信，对感觉的溺爱，都是靠不住的。理性的误区尤其可怕。启蒙理性最后变成了专制霸权——教士与帝国一致的政府。

感觉的最后标准就成了肉身化的、生理机能决定论。尼采就从身体素质区分乐观主义、悲观主义的认领，但他本人就是反例。

太个体的多元主义就取消了"类意识"，使一切变得不可说不可说非常不可说，仿佛回到了茹毛饮血的时代。太自然主义了也是反自然的。

儒家把人性吹胀为天理、与天齐，是精神胜利法；道家把人性收缩为自然、与地齐，也是精神胜利法；佛教把人性空掉，是倒精神胜利法。这些方法都有问题但都曾经解决过问题。

马克思哲学的四个模式：作为意志的表象；与无产阶级结合；意识形态；科学实证化。最后有影响的是这个科学实证化。

三是"革命"领域中的误解。

四是制度领域中的误解。

五是军事领域中的误解。第一次世界大战、第二次世界大战的发动者以为自己可以统治世界，日本以为能够控制太平洋。

如下的这些问题与误解纠缠在了一起。

误与玩：被误解与被玩弄的；因误解而被玩弄的；弄人者倒于弄——自误。

误与诬：诬陷是故意的误解，利用别人的误解，玩弄别人的误区（皇上最恨什么便说对手是什么）。

诡诈权术形成中国特色的政治误解学。

与误解对位的是胜解、正解、通解、真解、慧解、谛解。

牵混与糊涂是常人误解的大宗。

愚蠢、媚俗、误解。思维不当、心术不正、识力不定、智力不够。

文化上的不当周延，形成中国特色的文化误解学；下转语时信息改变；形式主义的谬误，意图谬误。

惑见、边见、有我见……

误解与怨恨。

剧场假象、洞穴假象、偶像假象、市场假象。

诺贝尔为了和平发明炸药，却制造了灾难——这不是误解而是捉弄，现实的捉弄。异化就是捉弄。尼采说，谬误乃是人所认可的巨大奢侈。

我们能做到的只是力所能及地将误解减少到最低限度。避免可以避免的误解。

掌握间性，利用间性，走出误解。

任何学都解决不了这个问题，这需要随机而发的"术"，但不学有术的狡狯只是制造人类误解的总量，让你误我不误。这是很险恶的。误解消除术在每个人的智慧海中，我的责任是唤醒每个人开发这个智慧海的自觉。佛不度人，人自度！误解的主体原因是自性蒙蔽、见感恩或当家：性格上的，认识上的，合成思维上的。最朴实的做法是时时处处进行反思性分析、反思性观察（这区别于自然的分析观察）。主体看主体加客体，掌握二律背反之间的间性。思维能力提高会使感受精细化以洞察那隐微的玄机。思维能力的提高会成为新思想的酵母、会提高对世界的占有度、会减缓人类存在的悲剧性。思维的博弈术就是在一系列二律背反中找到"中"、时中——与"智性的蛊惑"（维特根斯坦语）进行斗争。通过清除误解来美化人生。

日常功课至少包括：

感知行为分析分析感知流。

想象行为分析意识流（自发性的、习惯性的、从事性的）。

含义理论分析关注流（回顾性关注、预期性关注、内在关注为焦点的反思性观察）。

判断理论分析从个别到一般的陷阱（思维的问题），包括：语义不清、思维混乱、不同性质不同层次问题纠缠在一起。伦理因素的误导（情绪），功利因素的贪求。

符号效应分析。

分析其间误解何以发生、怎样运行、从而如何可能避免新的误解。间性是个肯綮、脉络的网节、坐标点。上述四项交汇成感应流。感应与符应的间性是误解论的真正起点。间性分析对应之的道理在于：不确定之确定、确定之不确定。

间性决定博弈点的确立。

博弈点的选择是谈判的奥秘、战役组织的奥秘、艺术效果出彩点的奥秘。

间性的方法特征就是打活靶。间性就是活性的相对相关性，拉动的是无限运动的因素再多也运行不误的思维空间：一个是意向（一连串的精神活动、意识创造），横坐标；一个是时机，纵坐标，与对象以及对象的相关变式的互动。坐享其成、一劳永逸、万法归一，自我绝对性的"一"是误解之源，也是走出误解的应力、引力。间性是支点，间性在哪效果不一样。撬起地球的点就是支点不是平衡的点，但能用最小的力达到最大的效果。

间性思维是种诗性的数理思维，充满主体联觉又随时感应运行变式，既不一厢情愿更不刻舟求剑。理想与操作同一，最主观的因而却是最客观的（万法唯识），总在不确定中延伸却又能随机找到恰好的确定性。

间性的实质是"道"，不是两者之间，而是"多维"之间，间性是动态的时时恰好。好与不好的标准又不在任一一方，在"博弈"出来的公认的道理。博弈就是你出牌我也出牌，谁也不知道对方出啥牌。假设对方为了自己可以达到"我"的目的——往往未必。间性是"交集"不是简单的缝隙，但包含着缝隙，但缝隙不是间性。

误解之反思性分析既要揭示主体对分立的外在联系着的事件的"赋序"(德勒兹的赋序主要是建构，灭了旧结构才是真建构)，又要揭示内在相连的感应流。在分析之前，它给出的本身已经相当连续了。在感应流内部，过程的区别有时候相当任意——轻率、复杂不当，如多疑也生误解。

博弈往往以理性假设始，以非理性运作终。人生是无意义的，误解出了各自的意义。

间性就是"三"：既不是常量也不是变量，活性的相对相关性之间的关系既不是包蕴关系，又不是外延关系，而是赋序关系，是一些按照相邻地带排列起来的名副其实的变式。这些变式具有操作性，而且模组化(联觉、联念)，"三"内涵的"中"飞掠其中其上，与模组成分即时共现、梭行组成成分之间。"三"是个可移动的桥梁，是共振中心，并能让人对新的变式和尚未被了解的共振现象有所意识，是一个可以创造新的感知空间的概念，能够做出不合惯例的切入，使问题重新启动。

只有"三"才是共振、才会共振、才能共振、才能找到共振、才能在共振中工作、才能发现或制造新的共振。为什么？因为只有"三"才能符应宇宙世界的真相、才能活性下去，而不是"二"之你死我活的竞标、兼并。

沟通不是来得过早就是太迟，人们从来不在同一个平面上对话。为了得到那永远得不到的一而不断地却不重复地"三"下去（逻辑就是重复、对重复的发现和利用），不可分离的断开、分离的连成一片。周而复始、永恒轮回（三进制决定螺旋式上升）。

　　博弈思维，既在先又渐变。悖论的奥秘与克服悖论的要招在博弈。因为存在着一与多的间性，多之间的间性，所以博弈中依然有误解，还有误解中的博弈。

　　误解是一种精致的自欺。"寿我人迷犹讳愚"，自命不凡——愚蠢的自信，醒时恋梦梦恋醒——也是围城。道在平常日用间。路在脚下，误解也在脚下。铺满鲜花的歧路，意义的两歧性。人生是一串两难而两可的选择。生存悖论中的误解现象能限制到最低限度，人的幸福的增长就与别的增长成正比了。

　　"当时只是平常事，过后思量倍有情。"易感则易伤，其实道体不生不灭、不增不减、不垢不净。"凡所有相，皆是虚妄。若见诸相非相，即见如来。""不但空""不但中"而且毕竟不退。不退回到凡夫的地位。所谓误解即是惑。但中，只中，只取中道，于理未圆。若观即空即假即中，收空假而为中。

　　怎么办？还是得靠自己，用五力消六根，培养五根坚固发生的力量：信力、信根增长，破除邪信（区分正邪的标准在觉与迷）。精进力、精进根增长，破身之懈怠；念力破邪念，定力破乱根，慧力是慧根增长，破三界之诸惑——破除一切误解。《摩诃止观》：提高意识能力的现成武库一是佛教一是现象学了。后者有逻辑力量。前者有修养意识乃至无意识的力量。

　　维特根斯坦自己设问："你的哲学目标是什么？"答案是："给

苍蝇指出一条路，飞出扑蝇瓶。"——移赠误解论最为恰切。每个人都是瓶中物，鬼打墙就是玻璃瓶。鲁迅从看到吃人(《呐喊》)到大谈吃饭(《故事新编》)，他走出去了么？维特根斯坦走出去了么？误解弥散在各种缝隙中。

德勒兹说哲学是一门形成、发明、制造概念的艺术。我说哲学更是运用概念的艺术。德勒兹说哲学靠语句工作，每一次造句、运用概念都是一次新的发现与创造、体验与激活(概念的语义)，都是对普适原则的挑战，都是一次新的问题化。性情是联觉的土壤，定见是联念的土壤。研究误解是走在一条人迹罕至永无回头之路的道路上。

所有的理论都在寻找世界的原型，都有结构主义的追求，又都在解构别人找到的原型。深层语法只是个误解，证伪理论的普适化。

道就是定见的原型，走通的路就是以为能走通的路。每个"家"都以为自己指的路能够走通，但通不通，谁说了也不算。人类社会是个股票交易所，价格后面早已不是价值了。

误解论以一般的思维模式为研究对象，对思维模式进行功能分析。不是一般的语义分析、逻辑分析。研究人们的研究方式、思考人们的思考方式、谈论人们的谈论方式。从艺术的视角解读"思维的无意识"——误解规律。先诊断后医治。误解的逻辑特性就是悖论、悖谬、谬误。

怎样创出一套"误解诊疗术"？语义分析、逻辑分析、情景发现、直觉洞察、研究误解、救赎众生。

逻辑与禅：语言分析与感觉辨析；制造概念、丰富感觉。

函数和真值：函数不是混淆概念，只是克服"前见"，但是函数的坐标是依据大的定见建立的，即所谓的问题域——定见的原型。从老子到柏拉图都在寻找制造定见，以为定见就是真理。只是决定论，这个已经不需要克服了，全人类用本能已经克服了，尼采要做的工作被本能的人群不用学习就做到了。

误解是意识的机能性标志、机能性装置，也是人类群体性的配置，既是生事之器也是拆卸之具，拆卸也是生事，解构也是生事。所以事件是连绵的，从生到死连绵不绝。一入人间便世事如如，事成了人，事在支配人，而不是人在做事。充满人生的是连绵的事。事与情之间的误解叫作事情。事是被迫的，情是不得已的。对治误解的是博弈，博弈必有赢输。

小文化、与科学并列的文化，就是杂糅并处的地带，充满并运行着不同逻辑，容许不同理解就是默认误解丛生。事实上不默认也照样误解丛生。原因：人性测不准原理；思维无规则原理；习俗规矩不相同；语言不通；心理结构不同。

契机是个核心。时机、势机——外因；心机、情机——内因。这些皆为合成契机。

艺术蕴含着克服误解的智慧。

兵法是谋定与相机的随机组合。谋与战都是治兵的关键，兵法首先是治兵之法，其次才是用兵之法。治兵是组织、体制建设，用兵是典型的对策思维。治兵是政治，用兵是军事，军政一体。现代的因进步而原始化了，方方面面都是如此。社会进步人性变异，社会与人性的关系有悖反性。用兵的核心是个想到与做到的关系。万事都存在想到与做到的矛盾。消除误解靠交集——间性：建立新的相关性—相对相关性、沟通符应、时中。

一场情事，情生事了。误解的发生基地尤在性情。气机中的误解：负气、忍气。误与不误看契机。艺术对治非理性的渠道在克服误解的可能性会有哪些。

卡夫卡：人生是一部《变形记》。

误解学是意识学、动态交感的意识学，也是真正的艺术学。

天地间没有我的居所

　　白天是太阳的
　　夜晚是星星的
　　我无法融入太阳
　　我无法融入星星
　　我不会飞也不会歌唱

　　北方是风的
　　南方是雨的
　　我无法变成风
　　我无法变成雨
　　我只能在风中峭立
　　在雨中无眠
　　我不会飞翔也不会歌唱
　　我只有无言地游走
　　不但没有居所
　　而且看不见门口
　　乐观的人说路在脚下
　　我说路在游走
　　反正没有居所
　　反正没有门口
　　反正没有道路